KB066462

별 하나, 별 둘 그리고

별 하나, 별 둘 그리고
한마루 문학동인회 '젊은 꿈 이야기' 제4집

초판 인쇄 | 2015년 12월 15일
초판 발행 | 2015년 12월 20일

지은이 | 안주리 외
펴낸이 | 신현운
펴낸곳 | 연인M&B
기   획 | 여인화
디자인 | 이희정
마케팅 | 박한동
등   록 | 2000년 3월 7일 제2-3037호
주   소 | 143-874 서울특별시 광진구 자양로 56(자양동 680-25) 2층
전   화 | (02)455-3987 팩스|(02)3437-5975
홈주소 | www.yeoninmb.co.kr
이메일 | yeonin7@hanmail.net

값 10,000원

ⓒ 한마루 문학동인회 2015 Printed in Korea

ISBN 978-89-6253-173-2 03810

별 하나, 별 둘 그리고

별 하나, 별 둘
그리고

한마루 문학동인회 '젊은 꿈 이야기' 제4집

연인M&B

어느덧 네 번째 동인지를 내게 되었습니다. 지금 이 자리에서 뒤를 돌아보니 어설펐던 부분들도 있었고, 부족한 점들도 있었습니다. 힘든 일도 있었지만 서로를 위로하고 응원하며 여기까지 온 저희 스스로에게 잘했다는 말과 함께 칭찬의 박수를 보내고 싶습니다. 그리고 펜을 놓지 않고 여기까지 함께 걸어온 회원 분들과 네 번째 동인지의 발행을 기쁜 마음으로 축하하고 싶습니다.

우리가 살고 있는 시대가 점점 좋아질수록 마음의 여유는 점점 더 없어지는 것 같습니다. 생활은 편리해지고 있지만 마음은 편하지 않은 이런 세상에, 저희 글이 독자들의 마음에 작은 꽃으로 심어지길 소망해 봅니다. 지치고 힘들 때 꽃을 보면 위안이 되듯 지친 생활에서 저희 글을 보며 잠시나마 여유롭게 쉴 수 있는 글이 되었으면 좋겠습니다.

항상 동인회 안에서 심적으로나 정신적으로나 저희를 이끌어 주시는 박종숙 선생님을 비롯해 여기까지 올 수 있게 도와주셨던 많은 분들에게 다시 한 번 감사의 말씀을 전하고 싶습니다. 그리고 여기까지 잘 따라와 주시고, 열심히 활동해 주신 동인회 여러분들께도 고맙다는 말을 꼭 하고 싶습니다.

　한 해, 한 해 지날수록 더욱 발전되고 성숙한 한마루 동인회가 될 수 있도록 여러분의 따뜻한 박수와 응원 부탁드립니다. 글을 잘 쓰는 작가보다는 삶을 나눌 수 있는 작가들이 되겠습니다. 감사합니다.

2015 깊은 가을
회장 안주리

별 하나, 별 둘 그리고

별 하나, 별 둘
그리고

시

김아영

서울 출생으로 서울과학기술대학교 문예창작학과를 졸업하였으며, 2006년
『문예한국』과 『문학시대』에 시를 발표하면서 작품 활동을 시작하여, 시집으
로 『하루치의 희망과 사랑』이 있다. 문학시대, 한마루 동인으로 활동 중이다.
youngkim1220@naver.com

가을을 보내며

우리 집 부엌 한구석엔
작은 키의 감나무가 서 있다
할머니는 매일 저녁 밥상에 앉을 때면
뽈그족족하니 맛있게도 생겼다며
"저 감은 언제 따먹을라요?"
할아버지에게 농을 던진다
사계절이 지나도록 그 모습 그대로
그 자리에 서 있는 가짜 감나무는
가을이면 우리 가족 식탁에
어김없이 오르내린다
할머니의 마음을 아는 할아버지는
다음 날 시장에 나가
잘 익은 단감 한 봉지를 사 오신다
어쩌면 가을을 보내는 일은
할아버지가 채워 놓은 감을
더는 할머니가 찾지 않는 일이 아닐까.

코끼리 열차

한 손엔 찬란하게 빛나는 은빛 풍선을 들고
다른 한 손엔 누구보다 따뜻한 당신의 손을 잡고
수많은 사람들 사이를 비집고 열차에 오르며
해맑게 웃던 꼬마 아이

어느덧 출발한 지 이십여 년이 넘은 열차 안에는
소녀를 지나 훌쩍 어른이 되어 버린 아가씨와
중년에 다다른 한 여인이 나란히 타고 앉아
세월의 터널을 지나가고 있다

따뜻한 햇살 아래 엄마의 무릎을 베고
긴 머리를 맡기던 나는 어느새
희끗거리는 당신의 머리를 검게 물들이며
살랑대는 가을바람을 함께 맞고 있다

한 번쯤은 지나온 길을 다시 돌아가 보고 싶지만
오랜 시간 쉼 없이 달려온 코끼리 열차는
힘차게 하얀 수증기를 내뿜으며
오늘도 내일을 향해 달리고 있다.

엽서 한 장

세계에서 가장 작은 나라
바티칸 시국에서 가져온 한 장의 증표
천재 조각가이자 화가인 미켈란젤로의
〈천지창조〉가 그려진 엽서이다

많은 사람들의 발길이
아직도 끊이지 않는다는 그곳에
움직이는 조각처럼 살아 숨 쉬고 있던 천장화

그 웅장함을 마주한 순간 나는
단 한 번도 보지 못한 그의 고통스러운 손끝과
활처럼 휜 그의 허리를 보았다

긴 여행 끝에 집으로 돌아온 나는
네모난 작은 칸 안에 박제된 그림에
그날의 감동을 떠올리며 그를 대신해
아름다운 숨을 불어넣어 본다.

나무 책상

나이를 가늠할 수 없는 주름이
얼굴에 가득한 나무 책상에는
동그란 눈이 수십 개 박혀 있다
죽음의 순간,
차마 눈을 감지 못한 것처럼
나를 똑바로 쳐다보고 있다
나는 몇 개의 눈을 원고지로 덮어
끼적이기 시작한다
왜 하필 나는 오늘 새삼
이 두 녀석의 뿌리가 같다는 걸 떠올린 걸까?
뒤늦게 온몸으로 느껴지는 무언의 눈초리
괜스레 눈 둘 곳이 없다
흔들리는 눈빛을 펜 끝에 고정시키고
네모난 테를 따라 마저 끼적여 본다
쉽사리 채워지지 않는 빈 칸
나는 펜을 놓고
나이를 가늠할 수 없는 나무 책상의 주름을
말없이 어루만져 본다.

겨울나무

어느덧 겨울이 왔음을 알리는 빗소리가 거리에 가득하다
봄, 여름, 가을을 지나 사계절의 마지막인 겨울을 맞아
수줍게 벌거벗은 나무 한 그루가
추적추적 떨어지는 비를 맞으며 서 있다
갑자기 불어오는 세찬 바람에
뼈만 남은 앙상한 팔을 부르르 떨며 홀로 서 있다
너와 나 사이를 가로막은 투명한 유리창 너머,
외롭게 서 있는 너와 그 위로 비치는 내 모습
나처럼 환자복이라도 입으면 그나마 덜 추울 텐데
차라리 눈이나 펑펑 쏟아졌으면 좋겠다
하얀 옷이라도 걸쳐 입게.

시인의 말⋯⋯⋯

2015년은 정말 많은 일이 있었던 한 해였다. 오랜 기간의 방황을 끝낸 해이기도 하고, 난생처음 먼 곳으로 기나긴 여행을 떠나기도 했다. 낯선 땅에서 새로운 설렘을 느끼고, 정처 없이 마음껏 걸어 보며 잊지 못할 추억을 얻었다. 그리고 그것을 자양분으로 마음껏 글도 썼다. 앞으로도 하루 하루를 특별한 여행처럼 여기며 변함없이 글을 쓰고 싶다.

김재영

대구 출생으로 『문학시대』에 시를 발표하며 작품 활동을 시작하였다. 단국
대학교 문예창작학과를 졸업하였으며, 2008년 제4회 종로구 청소년&주부 백
일장 시 부문 장려상을 수상하였다. 문학시대, 한마루 동인으로 활동 중이다.
soulcuty@naver.com

코끼리를 끌어안는 법

그의 마음속에는 코끼리가 있어요
그녀의 마음속에도 코끼리가 있구요
코끼리는 들 수 없을 정도로 무겁지만 소멸시킬 순 없어요
이별의 순간, 부고의 찰나, 외로움의 무게
이 모든 것처럼 코끼리는 매일 다른 모습으로 밤에 찾아오죠
그리고 제각각의 모습으로 태어나요
빨강, 주황, 초록, 보라, 검정
누군가는 코끼리를 멀리 떼어 놓고 싶어 해요
하지만 그럴 수 없다는 걸 안 순간
가장 중요한 건 오늘의 내 코끼리 무게를 아는 것이에요
그걸 잘 알고 있다면 그건 이미 코끼리를 다룰 준비가 끝났다는 거
예요
자, 오늘은 팔을 벌려 코끼리를 꼬옥 끌어안는 연습부터 합시다.

팔각

방향을 잡지 못하고 잔 끝을 따라 빙빙 맴도는 팔각
뜨거운 진과 차가운 토닉 사이에서 자신을 잃지 않으려
8개의 모서리를 빛낸다

팔각, 스타아니스, 가람 마살라
그리고 20, 21, 22, 23, 24, 25, 26, 27

많은 이름을 가진 팔각처럼
나도 한때는 순수한 다른 얼굴들을 가진 때가 있었겠지
뜨겁고 차가운 심장들 사이에서 고유의 향을 피웠던…
그래도 아직 숨을 쉬는 걸 보니 팔각도 나도 무사한 밤이라

여름의 끝에 마시는 진토닉 한 잔,
더 이상 나는 아이가 아니다.

히즈 네임 이즈 SH

나는 파인애플 통조림이 아니면 먹지 않고
승무원이 아니면 안 만난다는 우스갯소리를 이제 해도 돼요
홍콩에 작은 오빠를 만나고 돌아오는 길이거든요
뉴욕에 있는 큰 오빠보다 키도 크고 제멋대로인 게 장미에 가시 같
았죠
하지만 그 콧날이 반하지 않을 수 없었어요
사랑의 유통기한을 백만 년으로 해 달라던 그 배우의 콧날을 떠올
려 보세요
끝이 없는 그의 긴 다리를 보면
눈이 천 개, 발이 천 개 달린 신화 속 인물보다 너그럽고 자비롭게
변하는 나를 보게 돼요
하지만 주변에는 흰색, 황토색, 검은색 할 것 없이
매끈한 피부의 여자들이 그를 쓰다듬어요
나는 질투하기에도 작은 존재지만 계속 그의 곁에 머물고 싶었어요
사랑하는 가족들이 있어서 그와 금방 헤어졌지만 그러면 나는 장
거리 연애도 괜찮아요
다음에 만날 때는 그에게 윙크 말고 꼭 진한 키스를 받고 싶은데,
그렇게 될까요?

나도 아내가 있었으면 좋겠다

커피포트 버튼이 '톡' 하고 풀리자
꾸덕꾸덕하게 굳은 면발 너머
엉겨 붙어 짠내 나는 빨래 바구니와 뽀얗게 쌓인 선반에 '후' 하고
숨을 뱉는 소리
여자는 면발 사이로 젓가락을 욱여넣으며 허기를 밀어낸다
빨간 양념은 어디로든 자신의 존재를 비비며 불타 버린 오늘 하루
를 증명
한 입. 두 입. 세 입.
'나는 먹는다 고로 나는 존재한다.'
짠맛을 달랜다는 생각으로 수박을 또 한 입
구름이 하늘을, 가로등이 거리를, 그리고 한 사람이
방 안을 가득 메우는 이 밤의 신비
TV에서 경박한 리듬으로 오늘의 명화가 시작한다
순간 영화 제목이 등장하며 먹다 남은 여자의 밥상을 번쩍 비춘다

'나도 아내가 있었으면 좋겠다.'

드라이플라워

요즘 잘나가는 가을 인테리어 소품으로는 이게 최고지요
―발목이 댕강, 팔이 댕강, 귀가 댕강
살아 있을 때도 예쁘지만 말리면 더 예쁘다니깐요
―10일, 20일, 30일
그런데 물이 묻으면 곰팡이가 피니깐 싹 말려야 해요
―오늘이………단식한 지 며칠째지
다 마르면 투명한 유리병에 예쁘게 꽂으세요
―몸이 움직이지 않아
봐봐요 너무 예쁘죠?
―………‥

또 하나의 죽음이 희화화되다.

시인의 말………

나이는 먹어 가고 바람은 차지는 계절. 생각해 보니 참 오랜만에 펜을 들었더군요. 먹고살기 힘들다는 핑계로 꽤 오래도록 시를 멀리했습니다. 고등학교 때는 입시 준비로 대학교 때는 전공 공부라는 이름으로 시를 쓰고 글을 썼지만 그 이후로는 기자라는 이름으로 상업적인 글을 쓰기 바빴지요.
다시 시를 쓰려고 하니 시가 가슴에 폭 안기지 않는 것이 '아, 그동안 내가 시 쓰기에 참 많이 소홀했구나.' 하는 생각이 들었습니다. 시의 입장에서는 이렇게 서운한 마음을 표현했던 것이겠지요? 그래서 이제라도 시를 좀 더 사랑해 줘야겠다고 생각했습니다. 다른 시인들이 쓴 시들을 읽고 필사도 해 보고 또 일주일에 한 번은 저만의 일상을 담은 시를 써 보는 것으로 시작하면 어떨까 합니다.
내년에는 더욱 멋진 시를 쓰는 시인이 되어 있기를 바랍니다.

노은미

서울 출생으로 2009년 『문학시대』에 시가 당선되어 작품 활동을 시작하였다. 인하대학교 한국어문학과를 졸업하고, 인하대학교 대학원 한국학과에 재학 중이다. 문학시대, 한마루 동인으로 활동 중이다.

nem1274@naver.com

동물의 왕국: 코끼리 편

코끼리는 가장 큰 육상동물로 온순하기 그지없습니다. 주로 무리 생활을 하며 매일 삼백 킬로그램에 달하는 풀이나 나뭇가지, 뿌리, 과일 열매 등을 먹고 살아갑니다.

여기 올해로 쉰을 넘긴 수컷 코끼리가 주변을 둘러봅니다. 때가 되면 가족들을 이끌고 새로운 목초지로 이동해야 하는 것은 아프리카 초식동물의 운명입니다. 이전에 살던 과일가게는 더없이 훌륭했습니다. 사시사철 푸르른 과일로 아기 코끼리 둘이 덩치 큰 어른으로 자랐습니다. 전문가들은 코끼리가 이번 이동을 시작한 것은 과일을 팔던 주 거래처가 폐업했기 때문이라고 했습니다.

수컷은 결국 타고난 습성을 버리기로 합니다. 평생 목초지를 떠돌던 코끼리는 정육점으로 들어갑니다. 수컷 코끼리는 처음으로 숨이 끊긴 짐승의 살갗을 온몸으로 느낍니다. 긴 코로 칼을 쥐어 봅니다. 제가끔 삼겹살에 서비스로 딸려 나가는 파채를 포장하며 언제쯤 다시 평온한 목초지로 돌아갈 수 있을까 생각합니다.

파리

광역버스 안
손뼉에 맞을 뻔한 파리
커튼에 기대어 숨을 고른다
날갯죽지 서늘했던 죽음의 그늘
힘겹게 한 꺼풀 벗어내자
앞발로 제 얼굴을 마구 비빈다
어데 스쳐 찌그러지진 않았나
더듬더듬 되짚어 본다

알 수 없는 두려움이 덮쳐
바알갛게 동이 터올 때까지
음식물 쓰레기통을 빙글빙글
하얗게 돌고 돌았던 시간들
아직 꺾이지 않아
꼿꼿이 살아 있는 더듬이
제 위치에 있는 두 눈까지
아직 제자리에 버티고 앉았다

커튼으로 스미는 햇살
날개 끝부터 서서히 번지자
파리는 두 손을 비빈다
또 한 번 살아남았음에
서럽고 감사해 두 손
닳을 듯 감사 기도 올린다.

과일집 딸의 연대기*

1997년 12월 어느 날
아버지 주산학원이 망하던 날
아파트에서 가게 골방으로 이사 오다
친척집에 놀러 온 줄 알았다가
전대를 찬 아버지 보고
저울을 맞추는 어머니 보고
처음으로 묻지도 않고 깨닫다
나는 이제 과일집 딸이 되었구나

1999년 4월 어느 날
비탈 위 우리 과일가게에
딸기가 좌판에 흐드러지게 진열된 날
가게에서 뛰어나가다 딸기 대야를 무릎으로 치다
우르르 비탈 위를 질주하는 수백 개의 딸기
자동차 바퀴에 새빨간 비명도 없이
으깨지는 걸 목격하고 깨닫다
아마 사람도 저렇게 죽겠구나

2004년 2월 어느 날
가게는 평지로 옮겼어도
부모는 가자미처럼 눈이 한쪽으로 쏠리던 때

초등학교 졸업식 날 아무도 오지 않다
친구 엄마가 준 꽃다발 보던 아버지
무얼 먹고 싶으냐 물었을 때
한겨울 우리 가게에서 가장 비싼
이만 삼천 원짜리 맛없는 수박 한 통
혼자 기어코 다 먹고 깨닫다
어른들은 왜 맛이 없어도 억지로 먹는지 알겠다

2006년 9월 어느 날
가게는 하늘 위에 위태롭게 떠 있고
나는 3학년 1반 회장이 되다
한턱내기를 바라는 아이들의 웅성거림
어머니는 고개를 끄덕였고
교실엔 햄버거가 아니라 귤 한 박스가 오다
입안에 귤 한 조각을 넣었을 때 깨닫다
태연한 척하며 귤을 먹으면 과즙이
모공 하나하나에서 따갑게 튀어 나온다

2010년 7월 어느 날
낯선 땅에 불시착한 가게
어느 한구석에 쭈그려 앉아

손톱에 긁힌 참외 상처 숨기려
성주꿀참외 금색 스티커 붙이고 진열하며
온몸에 금색 스티커를 붙인 어머니를 보다
부지런히 참외를 진열하며 깨닫다
어머니 곧 좌판 위에 스스로 드러눕겠다

2012년 3월 어느 날
어느 야채가게 옆에 기생하던 때
레몬은 엄연히 과일인데 왜 지들이 파나
아버진 늙은 당골래처럼 중얼거리다
다시 당신 몸으로 말을 삼켰다가
또 화가 나 내뱉으려고 할 땐
신트림밖에 나오지 않으신다
곁에서 온종일 신내를 맡으며 깨닫다
언제까지 과일집을 노래해야 하는 걸까

2015년 8월 어느 날
우리 과일가게 어딘가에서
부서지고 있는지 녹아내리고 있는지
아무것도 알고 싶지 않고
갑자기 연대기를 노래해야 할 때

세상에서 노랗고 빨간 게 제일 싫은데
그럼에도 여전히 내 소리는 누렇고 붉고
1절이 끝났을 때야 깨닫다
앞으로도 노래할 건 이거밖에 없다.

* 박철의 〈그 아이의 연대기〉 모방시.

새끼발톱

지하철 타러 가는 계단 구석
동전 몇 닢이 든 박카스 상자
머리 앞에 두고 엎드린 사내
내 뾰족구두 속 새끼발톱이다

기형적 뾰족구두 세상 속에서
온종일 웅크리고 있는 사내
생존 습관은 어느새 박제 되어
사내는 점차 갈라지고 뒤틀린다

다듬어 주는 따뜻한 손길
형식적인 차디찬 손톱깎이의
스테인리스 손길도 없을지언정
동그랗게 몸을 말은 사내여,
설움과 어둠을 마구 씹어 먹어라

토악질이 날 것만 같아도
아그작 아그작 씹어 삼키며
멀리서 동이 터올 때쯤

그동안 모질게 키운 발톱을 세워
지이이이익—
스타킹같이 쫀쫀한 현실
그댈 옥죄어 오는 때에는
올 하나라도 물고 늘어져
그대가 악착같이 살아 있는
뾰족구두 속 새끼발톱임을 알려라.

양상추

강원도 어느 산등성이
고랭지 밭에서 한 약속은 견고하다
바람이 가슴을 헤집으려 할수록
잎들은 쓰러지기보단 허리를 숙였다
작은 것들을 중심에 두고
크고 힘 있는 것들이 안아 주고
더 큰 것들이 안아 주었다

어린것들은 감싸 주기
시뻘건 사람의 입술이
어린것들을 노린다 해도
쉽게 비켜 주지 않기
발기발기 찢길지언정
큰 잎들은 한 번에
굽혔던 허리를 펴거나
맞잡았던 손을 놓지 않기

바람이 멱살을 잡아
때때로 헐거덜 헐거덜

흙에서 발목이 빠지려 할 때
날아가지 않기 위해
더욱 딱딱하게 굳혔던 약속

1톤 트럭에 실려와
마트 좌판에 누워 있는
긴긴 시간 동안에도
모두 잊지 않아
나는 싱크대에서 한참 동안
녀석들을 안고
애를 먹고 있다.

시인의 말⋯⋯⋯

글을 내놓는 일은 언제나 쉽지 않은 일입니다. 그러나 처음 심부름을 가는 아이가 부끄러움을 이겨 내고 지폐를 내미는 마음처럼 두근거리기도 합니다. 부끄러움과 설렘으로 쓰고 또 쓰겠습니다.

박종숙

경기도 소사 출생으로 숙명여자대학교 국어국문학과, 국민대학교 문예창작대학원을 졸업(문학석사)하였다. 1992년 『시대문학』에 시로 등단하여 작품 활동을 시작하여, 1999년 윤동주문학상, 2011년 한국민족문학상 본상 등을 수상하였다. 시집으로 『부르지 못한 이름들』 외 8권이 있으며, 한국문인협회, 한국여성문학인회, 한국시인협회, 국제 PEN 한국본부, 자연을 사랑하는 문학의 집 회원이며, 문학시대, 한마루 동인으로 활동 중이다.
shiin112@naver.com

마음으로 보기

멀리 보이는 것은 아름답다
가까이 다가설수록
흠이 보이는 법

안개 낀 아침이면
세상은 신비 속에 갇혀
거기엔 아름다움이 존재한다

한 번도 악수한 적 없는
하늘의 별이 그렇듯
멀리 있는 것은 아름다움이다

안개 걷히고
일상이 민낯을 드러내면
나는 마음의 눈으로 세상을 본다.

코끼리를 보다가 문득

라오스가 고향이라는 코끼리 가족
먼 제주도까지 와서 재주를 부린다
코끼리 등에 올라탄 조련사들
집채만한 거구를 무릎 꿇리고
코를 내뻗어 바나나 구걸도 시킨다

석가모니 부처를 잉태했던 마야부인
코끼리를 태몽으로 만난 후
불가에서는 부처님 섬기듯 했다는데
어찌하여 천민이 되어 버린 귀족처럼
이 먼 땅에서 눈물을 삼키고 있나

조련사의 채찍 앞에
구걸하듯 먹이를 얻는 코끼리
자존심도 존엄성도 다 잃고
그저 웃기는 동물이 되고 말았다

오래전 만주와 러시아 등으로 망명해
박해와 고통을 받았던 우리 민족
갑자기 대한의 열사들이 생각나는 건 왜일까.

이별 연습

딸네 집에 사는 것이 남부끄럽다는
우리 엄마

아직도 딸은 남의 식구
사위는 백년손님
아침저녁 밥 때가 되면
어머니는 손님처럼 앉아 수저를 드신다

명절날은 아들네가 편할 거라며
큰아들이 찾아오자 냉큼 따라가셨다
"추석 지나고 오마."
엄마가 안 계신 집은 빈집 같다

돌아올 약속이 있는 이별인데
이렇게 허전할 수가 없어
자꾸 엄마 방을 기웃댄다

엄마 없는 빈 방엔 매운 향기만 맴돈다
이승의 삶이 길지 않다는 걸 알고
이별 연습 중이시라는 걸 알기에
목을 넘는 향기에 목이 멘다.

내 인생에 가장 젊은 오늘

아픈 몸으로 사는 건
사는 게 아니야
삶의 질이 중요하지
버릇처럼 투덜대던 나

가지가 찢어진 채 바닥에 누운
창밖의 코스모스를 본다
나만큼이나 아플 것 같은데
생애 최고의 순간처럼 웃고 있다

문득 정신이 번쩍 든다
누구나 한 번뿐인 삶
오늘은 내 생의 가장 젊은 날
나도 꽃처럼 웃어 봐야겠다

삶의 질 운운하지 않고
그저 감사한 마음으로
땅에 코를 박은 코스모스를 생각하면서
내 생의 가장 젊은 날을 누려야겠다.

고문

청량리행 1602호 열차 1호칸 순방향 창측 45번
한글날 아침 원주발 기차에 오른다
출발 역인 안동에서 탄 사람들인 듯
경상도 말투의 일가족 세 명이 마주 앉아 있다
젊은 부부와 열두어 살 정도의 아들
비어 있는 창가 쪽 내 자리에 앉고 보니
남의 집에 찾아간 손님 같다
끊임없이 떠드는 세 사람
무언가를 연신 오물거리며 먹고
앞 의자에 발을 뻗고 앉아
발가락을 꼼지락거리는 아이 아빠
특실 요금 칠천구백 원이 아깝다
앞에 앉은 낯선 내가 보이지 않나 보다
나는 먼 풍경에 눈을 던진 채
서울 닿기만을 간절히 기다린다.

시인의 말………
기다림이라는 말을 좋아했던 적이 있다.
기다림 뒤엔 뭐든지 다 이루어질 것 같던 꿈의 저장고처럼 생각이 되던
때가 있었다. 이젠 기다림을 믿지 않기로 한다. 오늘, 지금을 사랑하기로
한다. 더 기다리면 무엇을 만날지 두렵기 때문이다.

유명자

전북 부안 출생으로 정읍여고를 졸업하고 방송대 국문과에 재학 중이다.
2012년 『문예사조』에 수필, 2015년 『문학시대』에 시로 등단하여 작품 활동
을 시작하였다. 문학시대, 한마루 동인으로 활동 중이다.
uju1887@naver.com

화해

잽싸게 받는 전화
한 톤 높아진 음성
나긋나긋 듣기 좋은 말들

새삼스레 손도 잡아 보고
맛집도 함께 가고
돈 들여 커피도 한 잔

진즉 좀 그러지
그럼 쌈박질 안 했을 텐데

신경 왕창 쓰고 있다는 화해의 제스처
알면서도 간질간질 풀리는 마음
리플레이되는 사랑의 밀어.

코끼리 먹이기

지들 먹이기 버거우니 보냈지
귀하다고 보냈을까
말이 좋아 선물이지
저 해괴한 것이 뭔 선물일꼬

날마다 쌀 두 말에 콩 한 말씩을 먹어대니
제 코도 석 자요
먹이는 백성 코도 석 자였네
짝도 없이 외로운 짐승
못 생겼다 놀릴 때는 언제고
화 좀 냈다고 사납다 내쫓으니
짠 내 나는 해풍에 맛없는 수초 더미
서러워 울고 말았다네

그래도 물 건너온 나랏님 선물이라
다시 육지에 풀어놓으니
우리 고을만 죽어날쏘냐
너네 고을도 먹여 봐라
이리저리 떠도는 코끼리 신세

세상 많이 좋아졌네
이제 방방곡곡 코끼리 없는 곳이 없으니
쌀 두 말 콩 한 말 정도는
일도 아닌 세상일세!

복작복작

중요한 일도 없는데
생각이 형태를 이루지 못하고
그저 이 생각 저 생각 뒤죽박죽
정리 안 된 머릿속만 복작복작

지나온 세월의 기억이
서로 다른 말을 하며
제멋대로 떠들고

다가올 미래는
근거 없는 희망과 불안을
선명한 영상으로 보여 주니

딱히 생각 없는 내 머릿속
쓸데없는 걱정과 설레임
나도 모르는 기억조차 끼어들어
장날 장바닥처럼 복작복작.

김밥

새까만 김에
참기름 냄새 고소한
하얀 쌀밥을 넣고
사각사각 노란 단무지를 넣는다
데친 시금치로 신선함을 챙기고
붉은 햄 조각 입맛을 당기니
부들부들 계란까지 들어가면
보통 김밥 완성

여기에
참치가 들어가면 참치 김밥
치즈가 들어가면 치즈 김밥
불고기 들어가면
프리미엄 불고기 김밥

보통 김밥도 충분히 맛있는데
그래도 폼 나잖아 프리미엄!
기본은 같은데

아쉽다
하나를 더 챙기지 못해

프리미엄이 되지 못한 보통 김밥
보통 인생이라니.

유리벽 찻집

차 한 잔 앞에 놓고
창밖을 구경하는
유리벽 안의 사람
구경하는 재미
얼마나 가든가
이제 구경을 잊고
안으로 몰입할 때
유리벽 너머의 시선들
그 안을 구경하네.

시인의 말………

　요즘 젊은 친구들의 글을 읽을 때마다 느끼는 게 나와는 생각의 발상 자체가 달라 '내게서는 도저히 그런 글이 나올 수 없겠구나.' 싶습니다. 그럴 때면 나의 늦은 시작이 많이 아쉽습니다. 잘 쓰든 못 쓰든 그 나이 때만 느끼고 쓸 수 있는 글이 있을 텐데, 그 시기를 그냥 보내 버린 아쉬움이 제법 큽니다. 하지만 또 생각해 보면 이제라도 쓸 수 있음이 얼마나 다행인지 먼 훗날에 지금의 글을 다시 읽어 본다면 그 미숙함에 웃음도 나겠지만 그래도 서툰 풋풋함이 대견하지 않을까 싶고 더 늦지 않았음이 참 다행이다 싶습니다.

　날마다 똑같은 것 같은 일상이지만 어느 하루도 같은 날은 없고 같은 느낌은 있으나 같은 글도 없지요. 오늘 서툰 글이 쓰인다면 서툰 글을 쓰고 좋은 글이 쓰인다면 좋은 글을 쓰며 하루하루를 보낸다면 어느 하루도 허튼 날 없이 모두 다 남는 하루가 아닐까 싶습니다. 이 나이에 글을 쓸 수 있음이 기쁘고 글을 쓸 수 있는 인연들이 참으로 기쁩니다.

이혜성

울산광역시 출생으로 2011년 『문예사조』에 시 부문 신인상 수상으로 작품
활동을 시작하였으며, 시집으로 『짧아지는 연필처럼』이 있다. 경기대학교 문
예창작학과에 재학 중이며, 한마루 동인으로 활동 중이다.
qweras7894@naver.com

버스 정류장에서

너를 기다린다
비가 온다, 우산이 없다는 너를 위해
우산을 들고 기다림의 골짜기와 마주 서 있다
인생은 정거장이라는 말이 있듯
잠깐 기다리다 혹은 비를 피하다
떠나가는 사람들을 나는 순식간에 기억에서 지운다
아니 기억이 지워진다
십 이십 삼십 분째
네가 탔을 번호의 버스가 내 앞에 설 때마다
뒷문으로 내리는 사람들을 뚫어져라 헤아리고
실망감을 감추느라 반대편 정류장에 눈길을 던진다
나처럼 누군가를 기다리는 이는 없는 듯한 이곳
버스도 지나가고 사람들도 들렀다 가고
모든 것이 변하지만 홀로 그렇지 않은 고독의 나
기다리는 일을 좋아하는 사람이 어디 있으랴
하지만 네게 씌울 우산이 내 손에 들려 있는 지금
기다림은 달기만 하다.

상아

플라스틱이 나오기 전
수많은 코끼리들이 쓰러졌지
상아를 얻으려는 밀렵꾼들의 총질
거구의 몸뚱이가 쓰러질 때마다
새들도 놀라 달아났지

나 어렸을 적
어머니 머리카락 잡아당기기가 취미였지
밥 먹을 때에도 울어젖힐 때도
그 길고 고운 머리카락을
마구 비벼서 태운 듯 만들어 놨었어

지금 탈모 때문에 걱정 많아서
머리가 더 빠지는 어머니
어릴 적 나 우는 소리가
총소리처럼 들렸겠지
그때마다 머리카락이 뽑혀 나갔을 테니

아직까지도 남아 있는 습관
그 증거가 내 손가락의 굳은살
어쩌다가 생긴 굳은살이냐고 물으면
대답은 못하고 우물쭈물할 뿐

지금은 단발인 어머니 머리카락
다시 길러 본다고 부러진 상아처럼
빼죽 나온 꽁지머리
볼 때마다 손가락 굳은살이 아려 오는 걸.

이수역 포장마차

이수역 영화관 앞
유목민처럼 천막을 친 그의 집에는
언제나 떡볶이 튀김 냄새가 홍건하다

천막 문을 열어 젖히면
사람 본 지 오래인 양 반가워하는
그가 있다

까만 피부를 실룩이는 웃음
떡볶이처럼 깡마른 몸뚱이
어묵 통 속 게가 살았을 법한
깊고 깊은 주름골

3인분을 먹을까 2인분을 먹을까
셋이서 고민하던 우리에게
2인분을 먹고 모자라면 더 먹으라던 그

알전구뿐인 천막 속에만 살아서
세상 물정 보는 눈이 퇴화한 것인지

그가 본 영화라고는
인쇄된 포스터의 장면들 뿐이었으리라

바스락, 튀김옷 씹는 소리에
한 시간 남은 영화표가 주머니 속에서
낙엽처럼 부서지는 듯했다.

오후 네 시

우리 동네 작은 음식점
때 아닌 시간에 들어섰더니
화들짝 잠을 깨는 아주머니들

손님에게 미소 지을 여유는
자지 못한 아픔에 삼켜지고
눈 비비며 일어나는 이네들의 오후

꿈속에서 무엇을 보았을까
어서 오세요 인사치레처럼 짧은
쪽잠의 시간들

더 자고 싶다는 마음 보여도
태연히 앉아 주문하는 내가
얼마나 미울까

지기 시작하는 해를 보며
아주머니들이 음식을 만든다
육천 원어치의 수고로움을 삼킨다.

풀을 깎다가

무성한 풀 속에서
어떤 소설에서나 등장했을 법한
이름 모를 풀꽃을 본다

노랑 그리고 보라
잠시 그들을 들여다보곤
아름답다는 생각도 잠시
빗겨 쥔 낫을 번득여
그들을 베어 낸다

보금자리를 빼앗긴 것도 모자라
죄 없이 잘려 나가야 하는 꽃들
얼마나 아프고 억울할는지
녹슨 낫 앞에서 두려움에 떨었을
그들의 심정을 나는 알 길 없다

비탈에 짧은 나무들로 새겨진 글자들
그것들을 더 돋보이게 하기 위해
이름 모를 풀꽃들은 스러져야 했던 것

그곳에 피어난 잘못밖에 없는 그들이건만
마녀로 몰려 화형을 당한 이들처럼
잡초라는 이름으로 몰려 참수형을 당한다

인간의 잔혹함은 어디까지 이어질는지
들꽃의 눈물이 머리까지 차오르는 것 같다.

시인의 말········

　제가 등단을 한 지가 4년이 넘었고 저의 첫 작품집을 낸 지도 반 년이 넘게 지났습니다. 그때의 설렘은 많이 잦아들었지만, 아직도 제가 글쟁이라는 것이 실감이 나지 않을 정도로 시인이라는 이름이 무겁고도 달콤합니다. 쓴 커피를 좋아하는 사람은 그 속에서 달콤함을 찾는 것처럼 말입니다. 이제껏 글을 써 왔으면서 갑자기 실감이 나지 않는다고 하면 이상하겠지만, 저는 그만큼 너무나 부족한 사람이기 때문에 이런 생각이 드는 듯합니다. 그럼에도 불구하고 제 글을 항상 응원해 주시는 주위 분들께 진심으로 감사의 말씀을 드립니다. 더욱 열심히, 그리고 자만하지 않고 살아가겠습니다. 동인지 발간에 힘써 주시고 함께해 주신 박종숙 선생님과 우리 동인들께도 감사드립니다.

임지수

서울 출생으로 2012년 『문학시대』에 시를 발표하며 작품 활동을 시작하였
다. 한양여자대학교 문예창작학과에 재학 중이며, 문학시대, 한마루 동인으로
활동 중이다.
jeesoo1212@naver.com

아프리카 사람들은 왜 훌라후프를 돌립니까

아프리카 사람들은 왜 훌라후프를 돌립니까, 허리는 자주 바지를
벗으며 엉덩이 위에서 슬픔을 나누는 중입니다

나는 당신들의 익살스러운 행위를 사랑해 난폭한 말투를 이해해,
아프리카 여행을 온 마크스는 그들을 따라 허리를 돌리며 인사를 하
고는 말했어. "하지 마 제발 당신은 우리의 언어를 발설하지 마 우리
의 위로를 말살시키지 마." 마크스는 하필이면 모국으로 돌아가 훌
라후프를 생산했고 그의 모국에서는 훌라후프를 돌리는 것은 유행
이 되었지

아프리카 사람들의 허리는 자꾸 바지를 벗으며 요요, 요요 늘어지
는 울음소리를 발음하는 중입니다. "하지 마 당신은 우리의 행위를
매도하지 마."

아프리카 사람들은 왜 훌라후프를 돌립니까, 허리는 무릎처럼 결
백할 수 있는 부위가 아니므로 우리는 자꾸 벗으며 훌라후프를 돌릴

수밖에 없습니다

마크스의 모국에서는 훌라후프 금지령이 생겼어. 사람들은 훌라후
프를 돌리다가 등이 뒤틀려 골반과 팔꿈치가 자꾸 부딪히기 시작했
지. 후프 킬 후프 킬 둥근 테두리들은 모두 죽여야 한다며 사람들은
시위를 했다

아프리카 사람들은 여전히 훌라후프를 돌립니다. 자주 물을 거부
하며 인사를 할 때 얼굴에 침을 뱉는 사람들은, 그래도 슬픔은 나누
어야 하므로 허리는 바지를 벗겨야 하므로.

팔꿈치처럼 구부러지는 중입니다

엘보, 엘보
경보음이 울린다
여보, 내 힘줄이 아프다고 합니다
골프도 치지 않는 여자가 엘보라고
마르지도 않은 걸레를 짜다가

동생은 양말을 신는 의식을 치릅니다
걷는 일은 중요하대 특히 발목이 중요해
서랍을 열었다 닫았다
여러 번 계단을 만들고

지나간 연인들은 왜 하나
같이 다 나에게 우산을 남겨 주었나
땅콩을 먹다가 새끼손톱을 깨물어 버렸다

엘보
다리미를 쥐고 주름을 펴려하지 마십시오
엘보
세수를 할 때는 손목을 사용하십시오

자꾸만 우리를 부르십시오.

관을 짜는 마음으로

뉴기니 섬의 어느 부족은 전쟁을 자주 해서
새끼가 태어나면 죽지 않을 만큼만 독을 먹인다고 합니다

당신과 욕조 안에서 알몸으로 마주 앉아 폭력에 대해 이야기했던 날
관(棺)을 짜는 마음으로 둥지를 지었다

눈을 뜨고 일어나면 배랑 허리가 아픕니다
나는 왜 항상 양면이 아픕니까
나의 폭력은 어디에서 옵니까

당신은 나에게 독을 먹고 자라나기 때문이라고 했다

나는 손톱을 깎아 물에 뿌렸다
자꾸만 목구멍으로 넘어올 당신을 위해

둥지를 지었다
내 아이의 관을 짜는 마음으로
엄마가 집을 나가고 새끼가 혼자 있을 때
누군가가 들어오지 못하게 벽돌에 독을 발라 놓는다고 해

아이와 알몸으로 마주 앉아 부족에 대해 이야기했던 날
나는 아이의 몸에 독을 발랐다
오히려 주변의 풀들이 죽어 나갔다.

코끼리, 코, 끼리

　어린 코끼리가 사자 열네 마리와 싸워 살아남았다는 기사를 본 다음 날이었다. J씨는 식탁에 앉아 달걀을 던지며 코로 받는 연습을 했지. 그의 옆에 앉아서 식사를 하던 K도 예외는 아니었다. 신문을 접고 출근을 하기 전 코를 비비며 인사를 하는 습관을 들였다. 그리고 매일 밤마다 코로 인사를 나눈다는 뉴질랜드의 마오리족을 동경하며 기도를 하고 잤어

　코는 섬세한 부위야, 너 그거 알고 있었어? J씨는 K씨와 식사를 할 때마다 물었다. K씨는 그를 가장 잘 이해하는 지인이었으므로. 그래 알아, 알지. 코로 인사를 하는 마오리족들은 눈을 크게 뜨고 혓바닥을 내밀며 표정을 짓는 사람들이니까

　그로부터 일주일도 지나지 않은 날이었다. 비가 내리지는 않았다. 뉴질랜드에서 코끼리가 사육사를 공격해 숨지게 하는 사건이 일어났다. K씨는 J씨와의 아침 식사를 종종 거부했다. 굳이 코로 인사를 하는 대신 손을 건넸다. J씨는 혼자 수프를 떠먹었다. 그동안 깨뜨렸던 달걀들을 모아 한꺼번에 프라이를 해 먹었다. 날씨가 좋지는 않았으므로 커튼을 닫아 두었다

　영국에서 코끼리 서커스가 열린다는 뉴스가 나오기 하루 전 날이었다.

키가 자라고 제일 먼저 한 일

싱크대 앞에 서서 접시를 닦았다
혀의 길이에 대해 생각했다
당신의

엄마의 일기장을 몰래 봐 버렸어
사랑하는 나의 딸 수지
수지
지수
수지

내 이름은 지수인데
원래 이름이 수지였다는 사실
그렇게 한참을 서 있다가 무릎을 긁었다
내가 수지가 아니라면 어떻게 하지

엄마 엄마 당신의 딸이 되고 싶어요
길게 늘어진 당신의 일기(一己) 앞에서 나는 혀를 씹었다

수지를 이름처럼 부르면서 울래
싱크대 앞에 서서 당신이 입으로 빨았던 숟가락을 닦을래

설거지를 하다가 당신의 뱃속을 생각한다
혹은 양수를
또는 잠수부의 수명을 생각한다

혀처럼 둥글게 누워 있는 나의 엄마
내 이름은 어디서 온 건가요.

시인의 말⋯⋯⋯

　시는 비명이라는 말을 들은 적이 있습니다. 결국 나의 비명일 수도 있고 우리의 비명일 수도 있습니다. 글자를 적을 때 우리는 비로소 목소리를 내는 것입니다. 나는 꾸준히 목소리를 내는 사람이 되겠습니다.

진혜원

서울 출생으로 2010년 『문예사조』에 시를 발표하면서 작품 활동을 시작하였다. 숭의여자대학교 미디어 문예창작학과를 졸업하였으며, 한마루 동인으로 활동 중이다.
usagizzang@hanmail.net

지름길

처음 가 보는 길도
헤매는 일이 거의 없던 내가
이십 년을 준비했던 미래의 길에선
길치가 되어 버렸다

정답일 것 같은 출구는
다시 처음부터 시작해야 할
새하얀 우리 집 현관문이다

노랫말 지도에서 봤을 때는
몇 분 후 꿈이 보였지만
지도를 접고 길을 보면
꿈을 알려 주는 표지판까지도 멀다

마냥 걷다 마주친 골목길에서
숨을 가다듬기 위해 주저앉고
다시 지도를 펼쳤을 때
보지 않았던 최선이라는 낱말이 보인다

쉽게 도착하기 위해
지금껏 대충 눈대중으로
넓고 깨끗한 길만을
걸어가고 있었다

학창 시절 운동장을 돌 듯
몇 번을 다시 시작한다 해도
꿈이 보여 주는 전광판을
하나씩 읽어 보고 걸어갈 것이다.

문득

잠 설친 눈으로 출근을 하고
점심엔 몇 술 뜨지 못한 볶음밥
짜장면 가게 앞을 지날 때
그 볶음밥이 생각난다

퇴근길이면
늘 지나는 백병원 앞에서
2월, 바람이 차던 날
숨 가쁘게 병원을 향해 뛰던 내가 보인다

좋아하는 드라마에서
하늘나라로 올라간
남자 주인공의 노래를 들으면
설날, 할아버지의 웃음소리가 들리고
할아버지와의 추억이 보인다

오늘도 이렇게
문득 찾아온 그리움에
쓰고 있던 시를 멈추고
이런저런 말들을 적고 있다

갑작스럽게 찾아오는
멀리 사는 친구의 편지처럼
'문득'이란 낱말과 다가오는
할아버지를 오래 만나고 싶다.

새로운 편지

삼 년 만에 본 너의 모습
오랜만에 꽉 채워진 마음으로
불이 꺼진 방에서
휴대폰 메모장에 편지를 쓴다

안녕
이렇게 편지 쓰는 것도 참 오랜만이다
라는 문장을 시작으로
또 한 번 너에게 진심을 적는다

오늘 너를 보지 않았다면
나는 잃어버린 길 위에서
아직도 방향을 잡지 못한 채
한 발자국도 움직이지 않았겠지

너는 늘 정답이 아니라
달려 볼 수 있는 용기를 주기에
처음 꿈을 꾸던 그 소녀로 돌아가
다시 한 번 신발 끈을 고쳐 맨다

너에게 쓰는 편지에 마지막은
늘 고맙다였기에
이 편지도 역시 고맙다라는 말과 함께
너를 기억하는 내 시간 안에
추억이라는 이름으로 자리 잡는다.

음악

친구들의 따뜻한 한마디도
귀찮은 잔소리 같았던 소녀 시절
내 귀에 들려오는 소리 중에
유일하게 너만이 나를 위로했다

습관처럼 눈을 감고
들려오는 너의 이야기를 듣다
갑자기 너를 안아 주고 싶다는 생각이 떠올라
살며시 펜을 잡았다

네가 툭 내뱉은 한마디가
나의 뺨을 강하게 때리면서
다시 나에게 손을 내민다

재생 버튼으로 향하는 나의 손에
세월이 함께 묻어 있을 순간까지
나는 네가 지금처럼 쉬지 않고
내 귀에 이야기를 해 주었으면 좋겠다.

웃는 얼굴
-코끼리

휴대폰 사진첩을 가득 채운
어린 사촌 동생들의 사진을 보다가
선명히 기억나지 않은 어린 시절이 궁금해
오래된 앨범을 꺼내 본다

그때는 웃으면 사라지는
작은 눈이 부끄럽지 않았는지
앨범을 넘길 때마다
두 눈이 아기 코끼리의 눈처럼 접혀 있다

수많은 사진 속 내 모습은
성숙함을 향해 가고 있지만
어쩐지 행복과는 멀어진 듯 보여
폴더를 빠르게 넘긴다

다른 사람의 시선이
내 마음의 소리보다
크게 들리기 시작한 후
사진기 앞에서 눈을 크게 뜨기 시작했다

그저 가만히 있어도
웃는 얼굴을 가졌다고
어른들이 늘 예뻐해 줬던
내 얼굴은 어디쯤 갔을까?

카메라를 보며 환하게 웃던
미소에 자신 있던 나를 흉내 내며
휴대폰 사진 한 편에
처음으로 어른 코끼리의 눈을 따라해 본다.

시인의 말‥‥‥‥

어느덧 한마루 동인지에 참여하는 세 번째 작품이 되었습니다. 시를 발표하는 순간마다 이 책에 저의 페이지가 부끄럽지 않은지 늘 생각합니다. 시는 저에게 속 시원하게 너의 이야기를 해 보라며 늘 저를 기다려 줍니다. 저를 오래도록 기다렸을 '시'라는 친구에게 늘 미안하고 고마운 마음입니다.

저는 이제 새로운 꿈을 향해 나아가지만 그 안에서도 늘 글과 함께하고 싶습니다. 또 묵묵히 제가 어른이 되어 가는 모습을 지켜봐 주시는 부모님과 여전히 시를 쓸 때 설레는 감정을 가질 수 있도록 해 주시는 하느님에게 감사함을 전합니다.

홍슬기

충남 아산 출생으로, 2005년 『문학시대』에 시를 발표하면서 작품 활동을 시
작하였다. 인천대학교 국문과를 졸업하였으며, 2006년 대통령기 국민독서경
진대회 우수상, 문학의 집 서울 백일장 장원, 조선일보 발행 세종날 기념 글짓
기 대회 장려, 중앙대학교 백일장 가작 등을 수상하였다. 시집으로 『하늘로
뻗는 나팔꽃』이 있으며, 문학시대, 한마루 동인으로 활동 중이다.
seulgi7023@hanmail.net

누군가의 마음

촉촉했던 노을이여
사모했던 여보, 당신이여

하늘 위 제자리에서
꼼짝도 않고 질주하던 태양은 간데없고
하지가 지나자 벌써 입추가 왔소

가을하늘은 참 머오
오랜만이오
이토록 뼈애서 흘러내리는 평온함은,
셀 수 없는 원고지에 노을로 번져 가오

거리를 밟고 서 있는 발가락조차도
부끄러워 꼼지락거리던 삶을,

이 땅에서만큼은 이방인 되지 말라고
모시 같은 손,
굳게 잡아 주어 고마웠소

어깨가 돌이 되었소
그 가려진 세월을 민들레 홀씨는 알까
가여운 무덤가 고개 숙인 당잔대라고 알까
내 마음 오직 담백하게 당신만이 아오

그리하여 그리 미안한 만큼 당신이 원망스럽소
다시 그리하여 그토록 쏟아내던 침묵은
내가 가지고 가오

당신은 그저 강가에 앉아
당신의 이름을 온달처럼 쌓던
나의 민둥 조약돌들을 바라보시오

아아, 주홍빛 물머리에서
두 아이들 맑게도 물장구를 치고 있소
영원한 누군가의 마음이 되는 나,
저기 또 촉촉한 노을이오.

미안하구나

이만하면 순두부가 되어야 하는 게 아닌가
강단지고도 고집 센 손 다 쪼그라들었는데도
아직도 말이 매섭다 시렵다
하기야 그렇게라도 하지 않았으면 어떻게 살아왔겠나
아무 말도 못하는 가슴, 주걱으로 휘휘 저어
두부라도 쑤지 않았다면 어찌 견뎌 왔겠나
차라리 그 주걱으로 내 볼짝이라도 내어주면 좋으련만

처음으로 뚝뚝한 그 입에서
"미안하구나."

화가 난다 속상하다
이상하게 듣기 싫다

주걱은 말이 없다
말없이 저어 온 할머니처럼
나도 누군가에게 미안함이 늘수록
책임감이 늘수록 주걱은 천천히 무거워질 테다
송골 땀을 흘릴 테다
두부가 희어지라고
상처가 눌어붙지 말라고
연방 주걱을 저어 갈 테다.

코끼리

너의 눈은 참 맑았다
길게 드리운 두 눈에서는 명왕성이 보였고
나는 그 옆에 잠영하는 별이 되어 누웠다

이따금 너는 울었다
나는 그때마다 날카로운
별사탕들을 쏟아 내었고
그러면 너는 주름진 코로 그 아린 것들을 가만히
받아먹곤 했다

지금도 우주는 참 조용하다
너와 내가 폭파당해 죽어도
우주는 시커멓고 질색하는 기운도 없이
우리를 침몰시킨다

그 고통은 코끼리어도 별이어도 동일하다

사랑은 언제나
사랑의 죽음 앞에서 무기력하게 죽는다

사랑은 우주이고
먼 벼랑 끝에 발끝으로 서 있다가도
이내 너무나도 쉽게 찬란한 빛으로 바뀐다

누군가의 코끼리와 별이 되어 다시 태어난다.

詩

詩여, 그대는 어디로 가고 있는가
밤을 입고 있는 그대의 니캅 사이로
새벽빛 동공과 마주친다

그대의 도드라진 젖가슴과
공기와 입 맞추고 있는 더운 숨
그대의 맨몸은
완벽하고도 실로 무서운 밤의 니캅,
은유에 둘러싸여져 있다

서로를 향한 오직 노골적인 눈빛은
그대와 나, 평생을 타올랐던 관능

그 새벽에서 나는 은구슬을 보았다
길고도 애타도록 은혜 하겠노라고
진실로 열렬하겠노라고 다짐했던 맹세들은
그대의 눈가에 은구슬들로
너무도 무겁게 주르륵주르륵 떨어져 내렸다

詩여, 그럼에도 불구하고 그대는
대답해야 함을 알고 있다

그대는 어디로 가고 있는가
그리고 나는 어디로 가고 있는가
이 비통함과 황망함을 망각의 시계추에 매달고
먼 길을 돌아가고 있는 나는.

너울

주님
빗소리는 왜 가슴을 치는 실로폰입니까
꽃은 왜 연약할수록 아름다운 겁니까
뱀에게는 왜 감을 눈꺼풀이 없는 겁니까
산은 왜 결국엔 다시 내려가라 손짓을 합니까

소녀는 왜 소녀일 때 슬픈 것임을 모를까요
노인은 왜 갓난아이의 손을 잡고 우나요
시간은 왜 흘러가다가도 돌아오는 것일까요

그 매섭던 겨울밤에 예수님은 감히
더운 밥과 국이 들어 있는 도시락통을 들고
교문 앞에서 저를 기다리고 계셨을까요
저처럼 언 손을 비비며 눈길을 서성이셨을까요
가로등 아래 떨어지는 눈송이들이 몇 개인지
세고 또 세며 오지 않을 것을 기다리셨을까요

사람은 왜 영겁이 지나도록
존재의 이유를 고민하는 걸까요
그리고 왜 떨어진 비스킷에 개처럼 달려들까요

십자가는 왜 바라만 보아도 일렁이는지요
저마다 은밀한 곳에는 왜
어김없는 하나님의 발자국이 남아 있을까요

콩나물국밥에도 주님이 계시고
폐지를 줍는 손잔등에도 주님이 계십니다
은혜는 가까이 있다가도
바벨탑의 자아에 아득해집니다
진정 자유에 목이 마르다가도
인간의 머리를 한 새의 울음으로 몸부림칩니다.

시인의 말‥‥‥‥

살아가며 점점 내 얘기만 떠들어 대지 않고 있음을 감사한다. 내 이야기만 하기 바빴던 옹졸한 시간에서, 타인의 이야기가 꽃피는 길로 걸어가고 있음을 감사한다. 그런 마음으로 이번 작품들을 쓰고 싶었다. 내가 진정 시인이라면, 못 봤다기보다 안 보려 했었던 것들에게 눈이 가는 삶을 살길 기도한다. 세상이 보지 않는 너무도 하찮은 것들까지 눈과 귀를 열어 두는 겸손이 되길 원한다. 다시 펜을 잡게 만드신 하나님께 오직 영광을 돌린다.

단편소설

박선화

이은비

박선화

서울 출생으로, 동국대학교 국어국문학과를 졸업하였으며, 2007년 『문학시대』에 아동문학을 발표하면서 작품 활동을 시작하여, 창작동화 『도바 이야기』를 발표했다. 한마루 동인으로 활동 중이다.
sunhistory89@naver.com

코끼리 수프

거리에 낙엽 타는 냄새와 함께 달콤한 캐러멜 냄새가 나기 시작하면 이제 정말 가을이라는 것이 느껴진다. 변덕스러운 날씨 때문에 나뭇잎 색은 이미 오래전에 바래 버렸다. 요즘은 날씨도 절기라는 것이 우습게 느껴질 정도로 제멋대로였기에, 본격적으로 가을이 시작되었음을 느끼게 된 것은 가을의 냄새 덕분이었다.

> **작가의 말·······**
> 행복과 슬픔이 번갈아 가며 얼굴을 보여 준 한 해였습니다. 행복이 오면 슬픔이 오고, 슬픔이 오면 곧 행복도 온다는 것을 머리로는 알고 있으면서 마음으로는 알지 못했습니다. 그러다 어느 순간 마음이 텅 비어 버려 웃는 것도 우는 것도 잊어버렸던 한 해였습니다. 텅 비어서 아무것도 할 수 없을 때 절 사랑해 주신 소중한 분들 덕분에 다시 마음을 채울 수 있게 되었습니다. 항상 스스로에게 부족함을 느끼지만 그 어느 때보다도 더 부족함을 느낀 해였습니다. 조금씩이라도 나아가길 바라며 감사의 인사를 드립니다.

해가 떨어지는 시간도 빨라지는 것과 함께 해가 떨어지면 무더위가 한풀 꺾여 가을이 한 걸음 더 가까이 다가온 것이 느껴졌다. 일이 끝나고 집으로 돌아가다 맑은 가을 냄새에, 집으로 곧장 가는 것보다는 공원길에서 산책을 하고 싶어졌다. 버스정류장에서 내려 집과 같은 방향에 있는 공원으로 발걸음을 향했다.

공원에는 쓰르라미 울음소리가 가득했다. 목덜미를 스치고 지나가는 바람에 마음을 사뭇 설레게 만들었다. 아파트단지 근처의 공원이라 저녁이 되면 사람이 많을 거라고 생각했지만 공원은 생각보다 한산했다. 나와 마찬가지로 퇴근길에 잠시 땀을 식히는 것으로 보이는 사람도 간간히 눈에 들어왔다. 몇몇 사람은 짝을 지어 나왔고 또 다른 몇몇은 홀로 걷고 있었다. 그중에 문득 눈에 들어온 사람이 있었다. 눈에 익은 모습이었지만 도무지 이름이 기억나지 않는 사람이었다. 그 사람도 나와 똑같은 생각을 했는지 눈이 마주쳤다 돌리기를 몇 번이고 반복했다.

"혹시 고등학생 때 같은 반이었던…"

"맞지? 나야. 네 뒷자리에 앉았던 2학년 4반 출석번호 32번."

"이야, 오랜만이다. 잘 지냈어? 고등학교 졸업하고 처음 보는 거니 이게 대체 얼마 만이야."

"그러게, 너도 잘 지냈어?"

32번의 말을 듣는 순간 고등학생 때의 교실의 냄새와 풍경이 머릿속을 가득 메움과 동시에 위화감이 느껴졌다. 32번은 겨울 밤하늘에 떠 있는 창백한 초승달 같기도 했고, 물가에 있는 오래된 버드나무 같기도 했다. 한없이 가녀린 몸이 움직일 때마다 마치 앙상한 나뭇가지가 바람에 나부끼는 것 같았다. 교실은 생생하게 기억나는 와중에 32번의 이름과 모습은 기억나지 않았다. 눈앞에 서 있는 32번의 모습에 고등학교 교복을 입히고 교실을 떠올릴수록 강한 괴리감이 머릿속에 감돌았다.

서로 이름은 전혀 기억나지 않아도 같은 기억을 공유하고 있는 사람을 만났다는 것만으로 상당히 기분이 들떴다. 서로 그동안의 안부를 묻고, 지금은 뭐하는지, 뭘 했었는지 이야기하다 보니 순식간에 고등학교를 졸업함과 동시에 끊겨 있던 나와 32번의 시간이 이어졌다.

한참 동안 공원에 있는 벤치에 앉을 생각도 하지 못한 채 길거리에 서서 이야기를 이어 가는 것에도 슬슬 한계가 찾아왔다. 해가 떨어지자 바깥 공기가 시원함을 넘어 추위로 다가왔다. 바람이 가볍게 불어온 것뿐이지만 몸에 오한이 들 정도로 차가운 바람이었기에 몸이 절로 떨렸다. 32번도 마찬가지인지 부르르 떨며 손으로 팔을 문질렀다.

"32번, 추운데 우리 어디 들어가서 따뜻한 거라도 먹으면서 이야기하다 가지 않을래?"

"마침 나도 같은 생각을 하고 있던 참이었어."

32번은 자기가 잘 아는 가게 중에 오늘 같은 날에 무척이나 잘 어울리는 곳이 있다며 나를 잡아끌었다. 공원에서 조금 떨어진 건물의 숲에 난 후미진 길을 따라간 곳에는 특별히 눈에 띄는 간판도 없이 그저 가게 앞에 입간판만 하나 세워져 있는 작은 가게가 있었다.

가게는 내부가 보이는 큰 창문이 있었고 창문 안으로 보이는 가게는 밝은 빛으로 가득 차 있었다. 나무로 만들어진 문에는 작은 유리창이 달려 있었고 그 유리창에는 작은 커튼이 쳐져 있었고, 역시나 커튼을 통해서도 밝은 빛이 배어 나왔다. 여닫이문인 줄 알았는데 미닫이문이었는지 32번은 익숙한 듯 가게 문을 밀고 들어갔다.

가게 안은 좋은 냄새와 온기가 가득했다. 천장에서 내리쬐는 조명 대신 벽에 달린 램프에서 주황색 빛이 은은하게 퍼졌다. 평상시에 보던 흰색 조명이 아닌 탓인지 아니면 쌀쌀한 공기에 차갑게 식어 있던 몸에 따뜻한 기운이 스며 들어온 덕분인지 가게 안은 꿈속 같은 분위기가 감돌았다. 가게 내부는 생각보다 넓었는지 가게에 들어가자 어딘가에서 나온 웨이터가 32번과 나를 가게 안쪽으로 안내했다.

나무로 만들어진 근대 유럽풍의 가구들과 테이블과 테이블 사이를 나눠 주는 칸막이 덕분에 왠지 모를 안정감이 드는 가게였다. 웨이터를 따라 들어가 안내받은 테이블에 32번과 마주 앉자 웨이터는 메뉴판을 주고는 다시 모습을 감췄다. 32번은 가게의 단골인지 자연스럽게 메뉴판을 펼치고 음식을 고르기 시작했다. 나도 메뉴판에 눈을 돌렸지만 뭐가 뭔지 알기 힘들었다. 가격은 평범한 음식점 정도였지만 음식 이름과 설명이 전부 한자로 써 있었고, 한글은 기껏해야 한자의 독음만 적어 둔 정도였다.

"아, 여기 약선 요리 전문점이야. 먹고 나면 몸이 개운해져."

32번은 메뉴를 하나하나 손으로 가리키면서 각 음식마다 어디에 좋고 나쁜지와 뭐가 들어간 음식인지를 설명해 줬다. 32번은 예로부터 중국에서는 약과 음식은 그 근원이 같고, 그냥 먹는 것이 아니라 음식을 먹음으로서 더욱 건강해진다는 생각을 해 왔다는 설명을 덧붙여 줬다. 하지만 설명을 들어도 뭐가 뭔지 모르겠어서 32번에게 추

천할 만한 메뉴를 물었다.

"그럼, 적당히 시킬게."

32번은 메뉴판을 '탁' 소리가 나게 닫으며 웃고는 웨이터를 불렀다. 음식은 주문하기 무섭게 나와 상을 채웠다. 뚜껑이 있는 항아리처럼 생긴 커다란 냄비에 가득 담긴 수프와 간장에 조린 것 같은 모양새의 돼지고기 요리와 먹기 좋게 잘라 향채와 함께 삶아 낸 닭고기, 그리고 작은 찻주전자가 나왔다. 곧이어 웨이터가 찻잎이 든 작은 단지와 전기포트를 가져와 지금 끓일 차가 어디서 났고, 어떤 맛과 향이 나는지를 설명해 주고는 눈이 핑 돌아갈 정도로 빠르게 차를 끓여 주었다. 좌우간 좋은 향기가 퍼지자 식욕이 돌았다.

수프가 들어 있는 냄비 밑에는 가열 도구가 있어, 수프를 식지 않게 해 주고 있었다. 32번이 말한 코끼리 수프는 대체 어떤 수프인가 궁금해졌다. 냄비 뚜껑을 열어 보려고 하자 32번이 아직 열지 말라는 제스처를 보냈다.

"좀 더 끓여야지 향이 좋을 거야. 뚜껑을 열면 향이 날아가니까 일단 다른 요리부터 먹자."

32번은 자신의 접시에 삶은 닭고기를 덜며 말했다. 왠지 머쓱한 기분이 들어 나도 접시에 닭고기를 담으며 억지로 입 꼬리를 끌어올리며 웃었다.

예전에 먹어 본 향채가 들어간 요리는 도무지 삼키기 힘들었던지라 접시에 담긴 삶은 닭고기에서 향채 냄새가 날까 걱정되었다. 그래도 한 번 집어든 요리를 내려놓을 수는 없으니 집어 온 걸 전부 한 입에 털어 넣었다. 닭고기는 내가 걱정했던 것과는 달리 상상 이상으로 향긋하고 부드러웠다. 평소에 먹던 닭고기와 달리 쫀득함이 없는 대신 부드럽다 못해 혀로 뭉그러질 만큼 연했다. 향채 외에도 다른 채소들을 넣고 삶은 건지 닭고기 특유의 맛과 냄새가 거의 나지 않았다.

입 안에 들어온 음식을 혀로 뭉그러뜨린 순간 씹는 것도 잊어버리고 삼켜 버렸다. 씹을 필요도 없이 부드러운 식감에 놀라 충격을 먹은 내 반응이 재밌는지 32번은 목을 울리며 웃었다.

"돼지고기 조림도 먹어 봐. 맛있을 거야."

돼지고기 조림을 나무젓가락으로 잡고 있는 32번의 손가락 또한 나무 같아서 순간 검은 나뭇가지에 흰 뿌리가 엉겨 붙어 있는 것처럼 보였다. 32번은 내 접시에 돼지고기를 덜어 주고는 눈빛으로 어서 요리를 입에 넣으라고 말하고 있었다. 돼지고기는 '앗!' 하는 순간 입안에서 스르륵 녹아 목구멍으로 흘러 내려갔다. 맛도 식감도 지금까지 먹어 온 음식과는 달랐다.

내가 음식을 먹고 있는 모습을 32번은 커다란 눈을 가늘게 뜨고 보고 있었다. 그런 32번을 보고 있자니 다시 이질감에 휩싸였다. 버드나무 가지처럼 마른 32번이 내게 음식을 권할 뿐 본인의 입에는 음식을 넣지 않고 있는 것을 보며 형용하기 힘들 만큼 강한 이질감에, 나는 왜 이곳에 있는지 그리고 왜 갈색으로 물들어 있는 돼지고기를 계속해서 입에 넣으려고 하는지 알 수 없게 됐다. 목구멍에 걸린 이질감을 차로 삼키려고 했지만 입이 데일만큼 뜨거운 차를 한 번에 들이킬 수는 없었다. 할 수 없이 양념이 배어든 돼지고기를 집어 입에 넣고 이질감과 함께 삼켰다. 입 안에서 바스러지는 살코기와 양념이 밴 뭉근하게 으깨지는 지방질은 되려 삼키려 했던 이질감을 목구멍 위로 밀어 올려 버렸다. 방금 삼킨 것이 목구멍을 치밀고 올라오려는 것을 억지로 삼키자 구역질이 멈추질 않았다. 조금만 긴장을 풀면 방금 전까지 먹은 것을 식탁에 토해 버릴 것 같아, 자꾸만 목울대를 넘어서 올라오려는 것을 필사적으로 삼키고 숨을 고르고 있을 때 32번은 여전히 키득거리며 나를 보고 있는 것이 눈에 들어왔다.

"아, 눈치챘어? 그거 일반 고기가 아니야."

32번은 나뭇가지 같은 손가락을 내 눈앞에서 흔들며 자못 흥겨워했다. 뼈마디가 도드라진 흰 손가락은 꼭 흰 뼈에 말라붙은 고깃덩어리가 달라붙어 흔들거리는 것 같은 기분이 들었다. 눈앞에서 흔들리고 있는 흰 손가락이 흔들흔들 춤추듯 하더니 32번의 손가락 마디에서 떨어져 접시에 담겨 간장에 뒹굴고 있는 것 같았다.

웨이터에게 차가운 물을 달라고 부탁해, 연거푸 몇 잔이고 찬물을 들이켜도 아까 삼킨 음식들이 비집고 올라오는 것이 느껴졌다. 결국 화장실로 달려가 뱃속을 게워 내고 나서야 구역질이 겨우 잠잠해졌다. 비위가 상해 버린 탓에 식사가 끊겨 버리자 다시 젓가락을 들 생각이 들지 않았다. 눈앞에 놓인 음식들은 식어서 점점 식욕이 돋지 않는 모양새가 되어 갔다.

"좀 괜찮아?"

얼굴에서 웃음을 지우고 걱정스러운 눈빛을 한 32번이 턱을 괸 채 내 찻잔에 차를 따랐다. 옅게 국화향이 나는 차로 입안에 남아 있던 불쾌감을 마저 지우고, 의자에 등을 기대고 편히 앉았다. 32번은 내게 무언가 말을 꺼내려다 말고 젓가락을 들어 음식을 집어 입으로 가져가다 말고 웨이터를 불러 수프를 제외한 음식들을 모두 치우게 했다.

수프 냄비의 뚜껑이 열리자 매우 기묘한 냄새가 풍겼다. 고기를 푹 끓였을 때 나는 진한 비린내와 함께 하루 종일 일을 한 여자의 암내 같은 냄새가 한데 뒤섞여 코를 찔렀다. 고약한 것 같기도 하고 어딘 가 그리운 것 같기도 한 그 냄새에 위장도 기분도 침착하게 가라앉았 다. 32번은 국자로 수프를 휘휘 저으며 숨을 깊게 들이 쉬었다.

"냄새가 이상하지? 조금 특별한 수프여서 그래. 그래도 이 맛에 한 번 맛들이면 자꾸 생각날 걸?"

32번은 혓바닥으로 날름 자기 입술을 핥더니 그릇에 수프를 덜어서 먹기 시작했다. 그릇에 담긴 수프는 진한 녹색에 붉은 기름이 떠 있는 기묘한 색이었다. 32번은 말없이 그 수프를 커다란 스푼으로 몇 번이 고 떠먹고는 그릇이 비자 국자로 다시 한 그릇을 덜었다.

냄비에서 풍겨 오는 비린내에 점점 익숙해지자 비어 있는 속을 뜨거 운 수프로 데우고 싶어졌다. 나도 모르게 군침이 목울대를 울리고 넘 어갔다. 32번은 국자를 내 쪽으로 향해 놓고서는 다시 수프를 떠 입 으로 가져갔다.

수프는 국물 음식이라기보다는 죽이나 소스 같았다. 국자에 들러 붙은 끈적끈적한 녹색의 점액질이 그릇에 미끄러지듯 들어가 불그스 레하니 번들거리고 있었다. 그 기묘한 점액질을 먹어 보고 싶다는 감 각과 먹고 싶지 않다는 감각이 뒤엉키는 것에 살짝 핥아 보기만 하라 는 호기심의 목소리가 내 귓가에 속삭였다. 금속제 숟가락에 슬쩍 얇 은 수프 막을 입히듯이 찍어서 혓바닥에 가져다 댔다. 수프는 놀랄 만큼 뜨거웠다. 향 때문에 진한 고기 맛이 날 줄 알았지만 정작 수프는 혀에서 아무런 맛도 느껴지지 않았다. 하지만 수프를 삼키는 순간 기도를 통해 몸속 전체에 들러붙는 끈적거림과 함께 강한 풀 냄새와 함께 짭짤한 맛이 났다. 그 기묘한 맛에 입을 다시자 여자의 암내와 이끼 낀 물웅덩이의 맛이 점차 강하게 퍼졌다가 언제 그랬냐는 듯이 사라져 버렸다. 언뜻 맛보았을 때는 그 맛이 기분 나빴지만 입 안에서 맛이 사라지자 다시 한 번 그 수프를 입에 넣고 싶다는 욕구가 치밀어 올랐다.

정신없이 수프를 들이키고 두 그릇째를 덜기 위해 국자로 손을 뻗다 32번의 손가락과 닿았다. 십여 년 전에도 이런 일이 있었다. 그때 32번의 손가락은 통통하고 부드러웠던 것이 기억났다. 고개를 들자 32번은 눈가에 주름을 잔뜩 지고 웃고 있었다.

"고등학생 때의 내 모습 기억나?"

나는 고개를 끄덕였다. 32번은 씩 웃으며 그릇을 들어 바닥에 고여 있는 녹색 점액질을 입 안으로 가져가 삼키고는 숟가락에 묻은 수프도 깨끗하게 핥아먹었다.

"주변에서 살을 빼라는 소리도 엄청 들었어. 왠지 다들 당연하게 내가 살이 찐 것을 용납하지 못하잖아? 살이 찐 것은 게으른 거고 자기 관리를 안 하는 거라 생각하지."

말을 이어 가며 수프를 먹는 32번의 고등학생 시절 모습이 떠올랐다. 지금과는 달리 살집이 두루 붙어 볼도 동글동글했고 체형도 두루뭉술하니 팔부분의 접히는 살이 매우 말랑말랑해 보였던 것이 생각났다.

"살을 빼려고 이런저런 방법을 다해 봤지만 결국 살이 빠지질 않았어. 며칠씩 굶기도 했고 심지어는 수술까지 받았는데 말이야. 그러다 꿈을 꾼 뒤로 이렇게 되었지."

32번은 수프를 마시던 것을 멈추는 것 같더니 다시 그릇에 수프를 채워 넣었다. 더 이상 수프 냄비에도 수프가 남아 있지 않았다. 32번은 수프 냄비를 들어 냄비 밑바닥에 남은 한 방울까지 남기지 않고 전부 그릇에 담았다.

"꿈에서 내가 전신마취를 당한 거야. 척추에 주사를 맞고는 차가운 스테인리스 쟁반에 누워 있었어. 대체 무슨 일인가 싶어서 주위를 둘러보는데 내 곁에는 우리 부모님이 계셨어. 너무 추워서 도와 달라고 말을 하고 싶은데 입이 안 열리는 거야? 그때 어머니가 부엌에서 긴 칼을 꺼내 오셨어. 회를 뜨거나 고기를 얇게 저밀 때 쓰는 그런 칼."

왠지 등에 오한이 들었다. 뒤에 이어질 32번의 말을 듣고 싶지 않다는 생각이 듦과 동시에 무슨 이야기가 이어질지 궁금해졌다. 수프를 삼킨 입안에서는 물웅덩이의 냄새와 풀 냄새가 가시질 않아 차를 입에 물고 있었지만 오히려 수프의 냄새가 강해져 갔다.

"어머니는 그 칼로 내 살을 저미기 시작하셨어. 고기 저미듯이 내 살을 얇게 저미면서 그거로 요리를 하시는 거야. 지지고 볶고 굽고… 한 상 가득 내 고기로 요리를 하시고는 그걸 가족들에게 대접하시는 거야. 먹지 말아 달라고 부탁해도 가족들은 그 고기 요리를 실컷 드셨어. 하지만 곧 맛없다고 뱉어 버리셨지. 내가 울고 있으니까 부모님은 날 보시며 진작 살을 뺐으면 이런 극단적인 방법은 안 쓰셨을 거라고 말씀하시는 걸 듣고 잠이 깼지. 그리고 곧장 토했어. 하필이면 그날

저녁에 고기 요리를 먹었었거든. 그 꿈을 꾼 다음부터 고기 요리는 입에도 못 대."

"그럼, 아까 먹었던 요리들도 고기로 만든 요리가 아닌 거야?"

32번은 끄덕였다. 승려들처럼 고기를 먹을 수 없는 사람들을 위해 만드는 정진 요리라며 겨우 내가 먹었던 것들이 무엇으로 만들어진 건지 알려 주었다. 그럼 그 특이한 맛의 수프는 뭐로 만든 건지 물어봤더니 32번은 다시 의미심장하게 웃었다. 그 뒤로 32번은 수프를 전부 마실 때까지 아무런 말도 꺼내지 않았다.

침묵 속에 식사가 끝나고 계산하러 갔을 때 가게에서 카드로는 결제가 되지 않는다는 것을 알게 되었다. 하필이면 지갑에 현금이 없는 날이었기에 32번이 전부 계산하게 되었다. 평소라면 차를 마시거나 술을 마시자며 이야기를 꺼냈겠지만 32번과 같은 자리에 있고 싶지 않았기에 32번의 연락처만 묻고 그 자리를 도망치듯 벗어났다. 32번에게서 멀어질수록 입안에서 수프의 맛이 점점 강해졌다. 진정하려 해도 발걸음은 점점 속도가 붙어 갔고, 가족끼리 모여 앉아 웃고 있던 그 공원길에 도착해서야 상당한 거리를 멈추지도 않고 달려왔다는 것을 알아차렸다.

그 뒤로 32번과 만났던 일에 대해 까마득하게 잊고 있었다. 무서우리만치 말라 있던 32번의 모습이나 여자의 냄새와 물가의 풀 냄새가 나던 수프가 떠오른 것은 무심결에 보게 된 아프리카 코끼리에 대한 다큐멘터리 때문이었다. 땅이 갈라질 정도로 지독한 건기 속에서 코끼리는 커다란 몸을 웅크리고 자신의 발바닥보다도 작은 물웅덩이의 거무죽죽하고 녹색으로 변한 물을 필사적으로 마시고 있었다. 겨우

32번에게 밥을 얻어먹은 것이 떠올라 휴대전화에 저장된 32번의 번호를 찾아 통화를 걸었다. 통화를 거는 얼마 안 되는 시간 동안 계속해서 허겁지겁 물을 마시는 코끼리가 눈에 들어왔다. 신호음이 끝나 입을 열려는 순간 없는 전화번호라는 안내가 스피커로 흘러나왔다. 몇 번인가 다시 걸어 보기도 하고, 동창에게 32번의 연락처를 물어보기도 했지만 연락처를 아는 사람은 아무도 없었다. TV에서는 코끼리가 비척거리며 더 이상 물이 남지 않은 물웅덩이를 떠나는 장면이 나오고 있었다. 앙상하게 마른 코끼리가 허겁지겁 마시던 물은 분명 그때의 그 수프와 같은 맛일 것이다.

이은비

서울 출생으로 2011년 『문예사조』에 소설을 발표하면서 작품 활동을 시작하였으며, 한마루 동인으로 활동 중이다.

lecielgackt@naver.com

짐보

아침이다. 또 다른 고통의 하루가 시작이다. 그는 떠지지 않는 눈을 억지로 뜨며 조그만 창문 틈으로 기어들어 오는 햇살을 바라봤다. '싫다.' 이른 아침 햇살이 그저 원망스럽다. 배가 고프다. 의식이 서서히 돌아오면서 잊고 있던 허기가 몰려 든다. 그는 본능적으로 먹을 것을 찾아 머리를 돌려 보지만 보이는 거라곤 햇살에 춤을 추는 먼

작가의 말⋯⋯⋯

한마루 동인지도 올해로 두 번째 참여하게 되었습니다. 첫 번째 이어 두 번째도 참가하게 되어 영광이고 기쁩니다. 특히 이번에는 특정 주제가 주어지고, 주제에 맞춰 글을 쓰게 되어 독특하고 즐거웠습니다. 소설 〈짐보〉는 코끼리 관광과 그 이면에 숨어 있는 동물 학대에 관한 다큐멘터리와 해외뉴스를 토대로 만들었습니다. 어릴 때 저는 태국에서 행하는 코끼리 관광에 일종의 동경심을 가지고 있었으나 그 이면에 숨어 있는 인간의 이기심과 가혹한 동물 학대에 큰 충격을 받았었습니다. 인간의 이기심에 죄 없는 코끼리들이 더는 희생당하는 일이 없기를 바랍니다. 끝으로 소중한 추억을 갖게 해준 한마루 동인회에 이 자리를 빌려 감사 인사를 전합니다.

지뿐이다. 텅 빈 뱃속이 밥을 달라 울부짖는다. 어제는 한 끼밖에 먹지 못했다. 어제도 그제도 그전에도 그는 매일매일 한 끼 식사로 연명해야 했다. 더구나 그 한 끼조차 배불리 먹은 적이 없다. 그는 타고난 덩치의 소유자였고 그에 걸맞게 대식가였다. 하지만 현재 그에게 주어지는 먹이는 턱없이 양이 작고 부실했다. 배고픔에 그는 이리저리 머리를 돌리며 고통스런 울부짖음을 내질렀다.

"입 닥쳐, 짐보."

육중한 문이 열리는 소리와 함께 누군가 그의 우리 안으로 들어온다. 짧게 깎은 머리에 갈색 피부를 가진 앙상하게 마른 사내였다. '사육사'이다. 사육사는 툭 튀어나온 네모난 턱을 신경질적으로 우물거리며 투덜거렸다.

"아주 아침만 되면 유난을 떨어요. 유난을. 시끄러워 못살겠네. 염병할 코끼리."

그는 구석으로 걸어가며 화난 목소리로 연신 욕지거리를 내뱉었다. 그리고는 짜증이 가득한 손동작으로 구석에 기대 놓은 무언가를 집어 든다. 가늘고 긴 끝이 매우 뾰족한 쇠막대였다. 쇠막대를 본 짐보의 두 눈 위로 공포가 젖어 든다. 짐보는 두려움 가득한 눈을 하고 주춤주춤 뒤로 물러났지만 차가운 쇠창살에 엉덩이만 부딪칠 뿐이다. 도망갈 곳이 없다. 끝이 날카로운 쇠막대기가 옆구리를 사정없이 파고든다. 짐보의 두 눈에 고통의 눈물이 차오른다. 그는 몸을 뒤틀며 막대기를 피해 보려 했지만 소용없는 일이다. 그는 갇혔고 도망칠 장소는 어디에도 없었다. 사육사는 인정사정없는 손길로 짐보의 몸을 사정없이 쑤셔 댔다. 그는 네모난 턱을 딱딱대며 험악하게 웅얼거렸다.

"이놈의 코끼리, 밥값도 제대로 못하는 주제에 아침만 되면 울어 재끼기나 해대고."

그는 속삭이는 목소리로 화를 내며 막대기로 짐보의 옆구리를 계속 쑤셔 댔다.

"망할 코끼리, 시끄러. 시끄러, 시끄러워."

날카로운 막대기의 끝이 쉬지 않고 옆구리를 계속 파고든다. 그는 무표정한 얼굴로 짐보가 알아듣지 못할 말을 계속 웅얼거리며 막대기를 휘둘렀다. 무언가 굉장히 기분 나쁜 일이 있었던 모양이다. 또 도박으로 돈을 날린 모양이다. 코끼리인 짐보는 '도박'도 '돈'이라는 개념도 잘 몰랐지만 그것들로 인해 사육사의 기분이 나빠지면 자신을 괴롭힌다는 사실은 아주 잘 알았다. 한참을 그렇게 화풀이를 한 후에야 그는 거친 숨을 몰아쉬며 짐보를 고통스럽게 만들던 행동을 멈췄다. 막대기를 비스듬히 어깨 위로 기대며 사육사는 바닥으로 침을 뱉었다. 그리고 우리의 문을 거칠게 열어 짐보를 그 안에서 끌어냈다. 빼빼 마른 손이 짐보의 목에 걸린 녹슨 쇠사슬을 잡아당긴다. 그는 짐보를 밖으로 끌고 나가며 거친 목소리로 말했다.

"가자, 밥값 할 시간이다."

끌려나오는 짐보의 옆구리에서 피가 흘러내린다. 그러나 사육사는 그 사실을 전혀 마음 쓰지 않았다. 이글거리며 타오르는 태양열에 상처 입은 옆구리가 후끈 달아오르며 짐보는 어지러움을 느꼈다. 시야가 순간적으로 흔들린다. 비틀대는 짐보의 귓가로 또다시 사육사의 욕설 섞인 사나운 목소리가 들린다.

"이씨… 요놈의 코끼리가 오늘따라 왜 이래?"

짐보의 눈 위로 막대기가 위협적으로 흔들린다. 짐보는 비틀대지 않으려 노력하며 조심조심 걸음을 옮겼다. 사육사는 그런 짐보를 잠시 노려보다가 막대기로 그의 머리를 한 대 후려갈겼다.

"장난할 시간 없다. 벌써 사람들이 잔뜩 와 있다고."

사육사는 짐보의 여전히 비틀대는 걸음을 무시하며 그를 끌고 계속 앞으로 향했다. 잠시 후 그들은 공동 수돗가에 도착했다. 졸졸 흐르는 물소리가 짐보의 귀를 자극한다. 지금껏 깨닫지 못한 갈증을 느낀 짐보는 무심코 물구덩이로 고개를 숙였다. 그러나 첫 모금을 축이기도 전에 사육사의 따가운 목소리가 귀에 내리꽂힌다.

"시간 없다니까 이 식충아."

결국 단 한 방울도 입에 대지 못하고 짐보는 사육사의 손에 계속 끌려가야 했다. 끌려가는 내내 아쉬움에 짐보는 수돗가를 향해 계속 뒤를 돌아보았다… 그들이 도착했을 때는 벌써 많은 사람들이 코끼리를 타기 위해 줄을 서며 기다리고 있었다. 삼삼오오 무리를 이루며 서 있는 사람들의 모습과 그 앞에서 그들을 태우기 위해 준비하는 다른 코끼리들의 모습도 보인다. 일할 시간이다. 이유는 모르겠지만 그는 매일매일 사람들을 등에 태우는 일을 해야만 했다. 그것은 귀찮고 고된 일이었다. 그렇지만 우리에 갇혀 있을 바에는 밖으로 나와 사람들을 태우는 일이 훨씬 더 나았다. 적어도 이 사람들은 막대기로 짐보를 때리거나 뾰족한 끝으로 살갗을 쑤셔 대지 않았다. 단지 그의 등에 타 보기만을 원했다. 나이에 상관없이 모든 사람들이 그의 등에 타면 어린아이처럼 깔깔대며 좋아했다. 순순히 등에 태워 준 보답으로 이따금 바나나와 물도 얻어먹을 수가 있었다. 물론 그렇게 먹는 것들은 간에 기별도 가지 않을 정도로 적은 양이었다. 그러나 어두운 우리에 갇혀 종일 굶주리는 일보다는 더 좋은 일임은 분명했다. 일이 없는 날에는 온종일 우리 안에 갇혀 있거나 쇠사슬에 묶여 굶주려야만 했다. 때로는 따분함을 못 이긴 사육사의 이유 없는 매질 또한 견뎌야 했다. 그러나 사람들을 등에 태우고 있는 동안만큼은 사육사도 그를 함부로 때리지 못했다. 지금만큼은 짐보의 주인도 욕을 하거나 때릴 수 없었다. 사람들이 보는 장소에서는 그도 조금은 상냥해졌다.

"자, 그럼 시작해 볼까. 짐보 이 망할 식충이 녀석아. 오늘은 제발 실수하면 안돼."

며칠 전 짐보는 그만 큰 실수를 저질렀다. 등에 태우고 있던 남자를 바닥에 떨어뜨리고 말았다. 남자는 크게 다치지 않았지만 짐보는 실수를 한 벌로 그날 저녁을 굶어야 했다. 그리고 사육사에게 실컷 매를 맞았다. 그때를 다시 떠올리는 일만으로도 짐보는 몸서리가 쳐졌다.

사육사는 짐보의 상처 난 옆구리에 피를 대충 닦아 주고, 고약을 발라 안장을 매주며 절대 실수하지 말라고 거듭 강조했다. 모든 준비가 끝나고 짐보는 사람들 앞에 서게 됐다. 아주 작은 금발머리의 남자아이가 단장을 하고 나타난 짐보를 가리키며 환히 웃는다. 짐보는 그 아기를 향해 코를 흔들어 주었다. 잘해 내야 한다는 긴장감에 배고픔도 잠시 잊는다. 오늘은 주어진 일들을 사고 없이 마쳤으면 좋겠다. 그리고 제대로 된 밥이 먹고 싶다. 배부른 한 번의 식사를 그는 간절하게 바랐다.

"앉아."

사육사의 명령에 따라 짐보는 순순히 땅바닥에 무릎을 꿇고 앉았다. 처음으로 태워야 할 사람은 아주 뚱뚱한 늙은 남자 노인이었다. 그가 사육사의 부축을 받아 뒤뚱거리며 짐보의 등에 올라탄다. 무겁다. 굶주린 몸뚱이로 태우기에는 약간 버거운 상대였다. 좀처럼 일어날 생각을 하지 못하는 짐보를 사육사는 말없이 노려봤다. 그도 사실 코끼리를 때리고 싶지 않았다. 특히 이렇게 사람들이 많은 장소에서는 더욱더 원치 않았다. 하지만 이 말썽쟁이 코끼리가 일어나지 못한다면 그는 폭력을 이용해서라도 일어나게 만들어야만 했다. 그가 짐보의 머리를 향해 막대기를 힘껏 휘두르려는 찰나 코끼리가 자리에서 벌떡 일어났다. 사내는 막대기를 쥐고 있던 손에서 힘을 풀었다. 그는 다시 막대기를 어깨 위로 기대며 짐보에게 움직이라고 명령했다. 코끼리가 그의 명령에 따라 천천히 한 걸음을 옮겼다. 노인의 놀란 목소리를 배경으로 사육사는 코끼리를 정해진 길을 향해 걷도록 지시했다.

짐보는 조련사의 지시에 따라 앞만 보며 터덕터덕 걸었다. 익숙한 길이 나오고 그는 지시된 명령에 따라 오른쪽으로 돌았다. 짐보는 정해진 길을 벗어나지 않기 위해 주의를 기울여 걸었다. 조금이라도 궤도를 벗어나면 사육사의 막대기는 가차 없이 그의 머리를 후려칠 게 분명했다. 아니면 뾰족한 끝으로 그의 귀를 마구 긁어 댈 것이다. 짐보는 가쁜 숨을 몰며 긴장의 끈을 놓지 않았다. 아침과 달리 사육사의 기분은 꽤나 좋아 보였다. 일만 잘 풀리면 맛있는 걸 얻어먹을 수 있을지도 모른다. 짐보는 희망에 부풀어 올라 꼬리를 흔들며 깃발로 표시된 길을 따라 계속 걸었다. 마침내 정해진 길을 다 돌아 제자리로 돌아왔다. 그 사이에 사람들이 서 있는 줄은 더 길어진 듯 보인다.

짐보는 등에 타고 있는 노인이 안전하게 내릴 수 있게끔 조심히 무릎을 꿇고 앉았다. 7~8세의 남자아이가 바나나를 한가득 지고 노인에게로 뛰어온다. 코끼리를 탔다는 사실에 기분이 좋아진 노인은 아이에게 바나나를 한 다발 사서 짐보에게 주었다. 배가 무척이나 고팠던 짐보는 노인이 주는 바나나를 허겁지겁 먹어 치웠다. 그 바나나는 무척이나 달고 맛있었다. 노인은 바나나를 먹는 짐보의 콧잔등을 가볍게 두드리고는 반대 방향으로 사라졌다. 다음 사람이 사육사의 안내를 받아 짐보의 앞으로 걸어왔다. 빼빼 마른 무척이나 가벼워 보이는 여자이다. 앞에 뚱뚱한 노인에 비해 태우기가 한결 수월해 보인다. 짐보는 그녀의 앞에 무릎을 꿇고 앉아 여자가 자신의 등에 올라타기를 얌전히 기다렸다. 그렇게 또 한 바퀴, 또 다른 사람을 태우고 한 바퀴, 짐보는 계속해서 사람들을 태우고 깃발이 꽂힌 트랙을 따라 반복해서 걸었다. 시간은 어느새 훌쩍 지나고 해는 서쪽으로 기울고 있었다. 잊고 있던 허기가 다시 되살아나며 발바닥이 저려 온다. 쉬지 않고 계속 움직인 탓이다. 짐보는 잠시 멈춰서 쉬고 싶어졌다. 그는 자신의 등에 손님과 함께 올라타고 있는 사육사의 눈치를 보며 발걸음을 조금씩 늦췄다. 그러나 눈치 빠른 사육사는 그의 발걸음이 느려지자마자 막대기 끝으로 짐보의 귀를 사정없이 긁었다. '아파.' 눈물이 핑 돌 정도로 아프다. 짐보는 눈물을 꾹 참으며 다시 원래의 속도로 걸어야만 했다.

사육사는 코끼리에게 짜증이 났다. 이 미련한 동물의 발걸음이 갑자기 느려지기 시작한 사실이 그를 화나게 만들었다. 이제 45명밖에 태우지 못했는데 벌써 지치다니. 다른 코끼리들은 하루에 70~80명을 태우고도 멀쩡하다던데 그의 코끼리는 30명만 넘기면 기진맥진 힘을 못 썼다.

'비리비리하고 밥만 축내는 못난 식충이 같으니!'

그는 왼쪽 입가를 실룩이며 자신이 올라타고 있는 코끼리를 경멸 섞인 시선으로 내려다보았다. 다행히도 코끼리는 원래의 속도로 다시 걷고 있었다. 좀 전의 매질이 효과가 있던 모양이다. 걸을 때마다 펄럭이는 코끼리의 왼쪽 귀에 맺힌 조그만 핏방울 한 방울이 사육사의 마음에 작은 죄책감을 불러일으킨다.

'이 코끼리 녀석이 나쁜 거야.'

그는 마음속에 이는 죄책감을 털어내려는 듯 고개를 좌우로 거세게 흔들었다. 최근에는 그도 마음이 많이 물러졌다. 아마도 나이를 한 살 더 먹은 탓이리라. 이삼 년 전의 그였다면 상상도 못할 일이었다. 연민을 느끼다니 그것도 코끼리에게. 있을 수 없는 일이다. 그는 자신의 감정을 부정했다. 늙어서 강철 같던 그의 마음도 녹이 슨 모양이다. 그래 그렇다. 그렇지 않고서는 죄책감 비슷한 감정을 이런 하등한 생물에게 느낄 이유가 없다. 코끼리는 그에게 있어 돈을 벌어다 주는 도구에 불과했다. 그는 자신의 코끼리에게 일말의 애정도 가지고 있지 않았다. 아니 그는 코끼리를 증오했다. 그에게 있어 코끼리는 은혜를 모르는 배은망덕한 짐승에 불과했다. 자신의 주인도 몰라보는 덩치만 커다란 하등한 생물. 그 짐승의 손에 그의 아버지가 죽고 말았다. 저 무지막지한 앞발에 차여 죽었다. 사육사의 나이 열세 살 때였다. 그는 지금도 생생히 그때의 기억을 떠올릴 수가 있었다. 코끼리에게 밟혀 피투성이가 된 그의 아버지의 모습이 눈앞에 떠오른다. 임종을 맞이하러 온 당신의 어린 아들을 알아보지 못하고 숨을 거뒀던 아버지를 그는 지금도 잊지 못했다. 그날 이후 그는 코끼리를 증오했다. 코끼리란 생물은 그에게 있어 아버지를 죽인 원수에 불과했다. 그가 코끼리 사육사로 일을 하는 이유도 반은 복수심 때문이었다. 그는 복수하고 싶었다. 그의 아버지를 죽인 코끼리는 그 즉시 잡혀 총살을 당했지만 사육사는 제 손으로 아버지의 복수를 하길 원했다. 그런 이유로 그는 아버지의 뒤를 따라 코끼리 사육사가 됐다. 사육사는 고개를 좌우로 세게 털며 머릿속에 이는 모든 잡념들을 털어냈다. 아직은 한참 일할 시간이었다. 잡념은 그의 일에 아무 소용도 없었다.

짐보는 깜짝 놀라 자신의 등에 올라타고 있는 사육사를 올려봤다. 그가 손으로 자신의 머리를 부드럽게 쓰다듬고 있다. 이십 년이 넘는 시간 동안 사육사와 함께 살면서 그가 이런 식으로 자신을 만진 적이 한 번도 없음을 짐보는 아주 잘 알고 있었다. 꼬마 코끼리 시절부터 여태껏 사육사는 짐보에게 다정한 말 한마디 건네는 일이 없었다. 차라리 일하러 왔을 때 만난 사람들이 그에게 더 친절하게 굴었다. 사육사에게서 돌아오는 건 언제나 매질과 욕설이 전부였다. 때때로 그는 먹지 못할 것을 먹으라며 억지로 입안에 쑤셔 넣기도 했다. 그는 아주 비열하고 못된 인간이었다. 사육사의 학대에 짐보의 몸은 늘 상처투성이였고 언제나 굶주림에 시달려야 했다. 그런데 이 부드러운 손길은 무엇이란 말인가. 사육사의 갑작스런 태도가 짐보를 당황스럽게 만든다. 두려운 마음에 짐보는 그대로 발을 멈춰 서고 말았다. 갑자기 발을 멈춘 탓에 미처 대비하지 못한 사육사가 중심을 잃고 그대로 바닥에 떨어지고 만다. 사육사의 뒤로 타고 있던 젊은 여자의 비명 소리가 들려온다. 금세 사람들이 몰려와 무슨 일이 있나 그들을 에워싸고 살펴본다. 낭패였다. 짐보는 이제부터 닥칠 일들에 무서움으로 몸을 벌벌 떨었다. 오늘은 무사히 잘 넘기나 싶었는데 모든 고생이 수포로 돌아갔다. 눈앞이 캄캄하다. 분노에 가득한 사육사의 얼굴이 점점 가까워진다. 무서운 마음에 짐보는 두 눈을 질끈 감았다.

　순간의 변덕일지도 모르겠다. 사육사는 문득 자신과 함께 늙어 가는 코끼리가 불쌍한 마음이 들었다. 그가 '짐보'라고 이름을 붙여 준 늙고 기운 빠진 코끼리. 그는 짐보를 밀렵꾼들에게 샀었다. 어린 코끼리는 부모를 잃고 천애 고아가 되어 좁은 쇠창살에 외롭게 갇혀 있었다. 그는 즉시 밀렵꾼에게 돈을 지불하고 코끼리를 집으로 데려왔다. 그리고 혹독한 '파잔의식'을 통해 코끼리로 하여금 그에게 복종하게 만들었다. 코끼리가 주인을 알아보게 하려면 냉혹하고 무자비한 가르침이 필요했다. 모든 의식이 끝나고 사육사는 코끼리에게 '짐보'라는 이름을 붙여 줬다. 그리고 오늘날까지 그는 코끼리를 부리며 살아왔다. 그는 코끼리를 보살폈고 코끼리는 그에게 복종하며 그의 지시에 따라 사람들을 태우고, 재주를 부렸다. 그는 자신의 코끼리를 결코 사랑하지 않았다. 그러나 지금 이 순간만큼은 이 미련한 동물에 대한 연민의 감정이 그의 가슴속에 솟구쳤다. 이런 감정이 갑자기 든 건 그가 술을 마시지 않아서일지도 모른다. 아니면 어제 도박에서 돈을 조금밖에 잃지 않은 까닭일지도 모르겠다. 그는 난생처음으로 코끼리를 쓰다듬어 주고 싶은 충동에 사로잡혔다. 사육사는 주저 끝에 떨리는 손을 뻗어 짐보의 머리를 부드럽게 쓰다듬었다. 그 순간 그의 행동에 놀란 코끼리가 그대로 멈춰 선다. 그는 중심을 잃고 곧바로 바닥으로 추락했다. 불행 중 다행히도 어딘가 부러진 데는 없는 듯하다. 그는 바닥에서 일어나 몸에 묻은 먼지를 양 손으로 털어냈다. 무슨 일이 있나 그와 코끼리의 주변으로 사람들이 몰려든다. 코끼리의 등에 태우고 있던 여성 관광객은 다른 사육사들이 대신 내려주었다. 붉은색으로 염색한 머리를 가진 그 여성은 놀란 눈으로 그와 코끼리를 번갈아 가며 쳐다보고 있었다. 사육사는 옆에 떨어진 막대기를 주워 들었다. 그리고 코끼리를 향해 성큼성큼 걸어갔다. 그는 주변의 시선을 전혀 상관하지 않고 코끼리를 향해 막대기를 마구 휘둘렀다. 말썽쟁이 동물에게는 매질만이 즉효약이다. 인간의 연민은 그저 불필요한 사치에 불과했다.

코끼리를 때리며 사육사는 죽은 아버지를 떠올렸다. 그의 아버지는 훌륭한 코끼리 사육사였다. 그 어떤 코끼리도 아버지에게는 꼼짝하지 못했다. 아버지는 손짓 한 번으로 코끼리들을 복종시켰다. 어린 그에게 아버지는 존경과 선망의 대상이었다. 그는 아버지를 보며 사육사의 꿈을 키웠다. 한 번은 아버지를 따라 의식에 참여한 적도 있었다. 엄숙한 분위기 속에서 의식은 아버지의 명령에 따라 일사분란하게 진행됐다. 그때의 아버지는 꼭 신처럼 보였다. 코끼리의 신, 창살에 갇힌 어린 코끼리들의 운명이 그의 손짓 한 번에 생사가 좌우됐다. 그 의식 한가운데서 그는 공포와 두려움 그리고 숭배의 대상이었다. 일곱 살이었던 사육사는 그곳에서 경외의 시선으로 자신의 아버지를 우러러봤다. 그런 아버지가 코끼리의 발에 밟혀 죽고 말았다.

"감히 내게 망신을 줘! 이 괘씸한 녀석."

사육사는 그와 코끼리를 둘러싼 사람들의 웅성거림은 아랑곳하지 않고 쇠막대기로 짐보를 마구 후려쳤다. 막대기 끝에 긁힌 코끼리의 피부 위로 피가 튄다. 코끼리는 움찔거리며 막대기를 피해 달아날 시도를 했다. 하지만 발목에 걸린 족쇄가 방해가 되어 멀리 달아나진 못했다. 그 족쇄는 처음 사육사들에게 코끼리를 샀을 때부터 채웠던 족쇄이기도 했다. 그는 달아나는 코끼리를 쫓아 손으로 쇠사슬을 붙들어 멈춰 세웠다. 그리고 다시 사정없이 후려쳤다. 어디선가 놀란 어린아이의 울음소리가 들려온다. 하지만 상관없다. 그는 아무래도 좋았다. 사람을 실어 나르는 그런 '간단한' 명령 하나조차 수행 못하는 코끼리에게는 매서운 교훈이 필요했다. 한순간이나마 이 미련한 짐승을 동정했던 자신이 어리석다. 사육사는 입가에 쓰디쓴 자조의 미소가 떠올랐다.

'아프다. 그만했으면 좋겠다.' 짐보는 마음속으로 비명을 질렀다. 지금까지 살아오면서 이유 없는 매타작을 수차례나 경험해 봤지만 오늘은 좀 달랐다. 아침에 맞은 매보다 몇 배는 더 아프다. 무서운 얼굴을 하고 사육사는 여태까지와는 전혀 다른 강도로 그를 때렸다. 이대로 계속 맞다가는 죽을지도 모른다. 죽을 수도 있다는 생각에 짐보는 덜컥 겁이 났다. 지금의 사육사라면 충분히 가능해 보였다. 사육사는 정말 죽일 듯이 그를 때렸다. '아프다.' 아픔을 참을 수 없다. 도망치고 싶지만 발에 걸린 족쇄가 방해를 놓는다. 족쇄 안쪽으로 박힌 날카로운 가시가 조금만 뛰어도 고통을 유발시켰다. 어디에도 달아날 곳이 없다. 그 사실이 한층 더 고통스럽다. 짐보는 고개를 돌려 주변을 둘러싼 사람들에게 도움을 호소했지만 어느 한 명도 선뜻 나서서 도와주지 않는다. 그를 때리는 막대기의 힘이 점점 더 강해진다. 때린 부위를 때리고 또 때리고 견디기가 힘들다. 겨우 아문 옆구리의 상처가 다시 터져 피가 흐른다. 한계다. 머리가 어지럽다. 숨이 가빠져 온다. 한쪽 다리가 자꾸만 풀린다. 그대로 쓰러져 버리고 싶은 심정이다. 그러나 짐보는 쓰러지지 않았다. 이유 없는 매에 그는 완전히 지쳤다. 더 이상 두들겨 맞으며 살고 싶지 않다. '지금을 마지막으로 더 이상 맞지 말자. 엄마에게 가자.' 그는 사육사에게 덤벼들기로 작정했다.

"잠깐만요. 잠깐만 제발 멈춰요."

짐보가 사육사에게 맞서기 위해 앞발을 치켜들려고 할 때였다. 한 젊은 여성이 그와 사육사 사이로 끼어든다. 방금까지 그의 등에 타고 있던 빨간 머리의 여자였다. 여자는 사육사의 앞을 가로막고는 단호하게 외쳤다.

"이이상 코끼리에게 손대지 말아요!"

여자는 당황하는 사육사의 막대기를 빼앗아 반대편으로 던졌다. 그 갑작스런 행동에 사육사도 짐보도 크게 놀랐다. 이런 일은 난생처음 있는 일이었다. 짐보는 사육사에게 덤비려 했다는 사실도 잊고 여자의 행동을 멍하니 바라보았다. 사육사는 갑작스런 여자의 개입에 크게 당황한 눈치였다. 그러다가 뒤늦게 훼방당한 사실을 깨달은 듯 그의 얼굴이 구겨진 음료수 캔처럼 일그러진다. 사육사는 코끼리와 자신의 사이를 가로막으며 서 있는 여자의 어깨를 거세게 밀치며 소리질렀다.

"당신 뭐야, 당신이 뭔데 남의 일에 끼어들고 난리야."

"일단 이거 먼저 받으시죠."

여자는 사육사의 말에 차분하게 대답하며 작은 사각형 모양의 어딘가 딱딱해 보이는 종이 한 장을 꺼내 그에게 내밀었다. '저게 뭐지?' 짐보는 호기심이 생겨 종이를 유심히 바라보았다. 종이를 받은 사육사의 얼굴이 파란색에서 보라색으로 변하는 모습이 보인다. 뭔지 모르겠지만 대단히 위력적인 종이임이 틀림없었다. 사육사는 보랏빛에 일그러진 얼굴로 고래고래 소리를 질렀다.

"내 코끼리를 내가 마음대로 하겠다는데 뭐가 어쨌다고! 내 돈 주고 산 코끼리야. 내 마음대로 할 권리가 나에게 있다고."

"법적인 증거가 있나요?"

"뭐, 법적 증거? 무슨 법적 증거를 말하는 거야. 이봐 아가씨, 나 당신한테서 돈 안 받겠어. 그러니까 당장 꺼져. 좋은 말로 할 때 그냥 가라고 내 눈앞에서 사라져 줘."

사육사는 악에 받쳐 소리를 질렀다. 그는 아주 오래전에 코끼리에 대한 값을 충분히 지불했다. 그런데 처음 보는 여자가 자신에게 코끼리를 때리지 말라며 그의 소유권을 부정하고 나섰다. 그는 증오에 찬 눈으로 눈앞의 여자를 노려보았다. 여자는 팔짱을 끼고서 좀처럼 코끼리 앞에서 물러서려 하지 않았다.

짐보는 눈앞에서 펼쳐지는 광경이 믿기지가 않았다. 이 모든 일들이 전부 꿈처럼만 여겨졌다. 아무도 주인에게 매 맞는 코끼리를 신경 쓰지 않았다. 다른 코끼리들 역시 마찬가지 신세였다. 이곳의 모든 코끼리들이 주인에게 매 맞는 일을 당연하게 생각했다. 코끼리들은 사육사의 소유였다. 그 누구도 사육사의 소유물에 참견하지 못했다. 아주 어릴 적 부모와 헤어져 좁은 창살에 갇힌 순간부터 짐보의 운명은 사육사에게 예속됐다. 이곳의 다른 코끼리들처럼 그도 사육사의 손에 매 맞아 죽을 운명이었다. 그런데 지금 눈앞에 생전 처음 보는 여성이 그를 구해 줬다. 혹독한 매질을 멈추지 않는 사육사를 가로막고 서서 그를 보호해 주고 있다. 이런 일은 꿈에도 상상하지 못했다. 여자가 갑자기 몸을 틀어 짐보에게로 성큼성큼 다가온다. 어딘가 박력 있는 그 태도에 짐보는 겁을 먹고 뒤로 조금씩 물러났다. 그런 짐보의 모습에 그녀의 얼굴 위로 안타까운 미소가 번진다. 여자가 다시 사육사에게로 몸을 돌렸다. 그리고 그녀는 선언하는 태도로 엄숙하게 말했다.

"빠른 시일 내에 코끼리를 데리러 다시 오겠습니다."

"뭐야아?"

"그때까지 부디 잘 보살펴 주세요. 더 이상 코끼리에게 위해를 가하지 않는 편이 당신에게도 나을 겁니다."

"야…! 이게 듣자듣자 하니까."

무서운 얼굴로 욕설을 퍼붓는 사육사를 무시하며 여자는 짐보에게 상냥한 목소리로 약속했다.

"조금만 참고 기다려. 착하지?"

여자는 얼빠진 표정의 사육사를 끌고 사람들 저편으로 사라졌다. 해가 완전히 지고 사람들이 뿔뿔이 흩어진 다음에야 사육사는 혼자서 짐보의 곁으로 돌아왔다. 그는 창백한 얼굴로 아무 말 없이 짐보를 데리고 집으로 돌아갔다.

그 일이 있은 후 5일이 지나고 여자가 약속 시간이 도래했다. 짐보는 자신을 구해 준 여자를 그리워하며 하늘을 보고 서 있었다. 그녀가 해 줬던 다정한 말 한마디와 상냥한 미소가 몹시도 그리웠다. 그렇게 용기 있는 여자는 처음 봤다. 이때까지 그 누구도 짐보에게 그런 식으로 나서서 도와주지 않았다. 모두가 두려워하며 멀찌감치 지켜보기만 하거나 그가 맞는 모습을 고개를 돌려 외면하기 바빴다. 그런데 그녀만은 사육사를 가로막으며 때리지 못하게 막아섰다. 그리고 그에게 자유를 준다고 약속했다. 짐보는 여자의 약속을 믿었다. 그는 비좁은 우리 안에서 여자가 다시 자신을 보러 오기만을 기다렸다. 그때 이후 사육사는 그를 한 번도 보러 오지 않았다. 사육사는 짐보의 우리를 마당으로 끌어낸 다음 약간의 건초와 한 동이의 물만 주고 그대로 집에 들어가 나오지 않았다. 그런 이유로 짐보는 한동안 사육사의 얼굴을 보지 못했다. 날이 저물고 새로운 해가 떠도 사육사는 나타나지 않았다. 그는 사람들을 태우러 짐보를 데리고 밖으로 나가지도 않았다. 어떤 변화의 바람이 그와 사육사 사이에서 불고 있었다. 짐보는 그 변화의 기류를 예민하게 감지했다. 그리고 그 변화를 가져온 사람은 그 여자였다. 짐보는 여자가 못 견디게 그리웠다.

반나절의 시간이 지나도 여자는 나타날 생각을 하지 않았다. 그동안 사육사는 집안에 틀어박혀 꼼짝도 하지 않았다. 인정하고 싶지 않았지만 코끼리를 괴롭히지 말라는 여자의 협박에 그는 겁을 먹었다. 그가 코끼리의 소유권을 주장했을 때 여자는 침착한 얼굴로 법적 근거가 있느냐며 반문했었다. 그 말을 듣는 순간 그는 가슴이 철렁 내려앉았다. 아무런 증거도 없기 때문이었다. 그는 밀렵꾼에게 돈을 주고 짐보를 사온 후 지금까지 법에 등록하지 않았다. 대부분의 코끼리 사육사들이 그렇게 불법으로 코끼리를 사 오거나 잡아 와 훈련시켰다. 그 역시 등록하지 않고 짐보를 이용하여 돈을 벌었다. 그런데 그 사실이 지금에 와서 발목을 잡을 줄은 그는 상상도 못했다. 감옥에 가게 될지도 모른다는 두려움에 그는 감히 코끼리를 데리고 밖으로 나갈 수가 없었다. 그는 코끼리 우리를 창고에서 앞마당으로 옮겼다. 그리고 짐보를 그대로 방치해 두고 집에 들어가 최후의 순간을 기다렸다. 그리고 오늘이 왔다. 그런데 여자는 아무리 기다려도 나타날 기미를 전혀 보이지 않고 있다. 맥이 풀린다. 모든 마음의 준비를 하고 최후의 순간을 기다렸는데 아무 일도 일어나지 않고 있다. 그저 허세에 불과했나. 그래 그런가 보다. 그런 여자를 그렇게 무서워하며 집에서 나오지도 않고 있었다니 허탈한 웃음밖에 나오지가 않는다. 문밖으로 코끼리의 울음소리가 들려온다. 그는 마당에 방치한 짐보의 상태를 살피기 위해 문을 열고 밖으로 나왔다.

"한심하기는 그런 허풍쟁이에게 속다니."

닷새 만에 사육사는 문을 열고 제집에서 나왔다. 그는 혼잣말을 중얼거리며 짐보의 우리 앞으로 천천히 다가갔다. 무언가 허무했다. 모든 것이 끝장날 각오를 했는데 아무 일도 일어나지 않았다. 그년이 그를 속였다. 온갖 잘난 척은 혼자서 하더니 별것도 아니었다. 그는 우리의 문을 열었다. 지금이라도 나가면 술 한 잔 값은 벌 수 있으리라는 계산이 든다. 사육사는 다소 신경질적으로 코끼리의 목에 걸린 쇠사슬을 잡아당겼다.

"이리 나와 이 녀석아, 편한 시간은 다 지났어. 이제는 다시 일할 시간이야."

그때였다. 짐보는 태어나서 그렇게 괴상하게 생긴 새는 처음 봤다.

붕어처럼 생긴 새의 몸통은 깃털 하나 없이 매끈했다. 더욱더 괴상한 사실은 새의 날개가 몸통이 아닌 정수리에 달려 있다는 사실이었다. 정수리에 달린 네 쌍의 날개를 빠르게 돌리며 새는 허공에 떠 있었다. 온 동네 사람들이 무슨 일인가 뛰쳐나올 정도로 시끄러운 소음과 함께 새는 천천히 그와 사육사가 있는 곳까지 내려왔다. 새의 등장에 사육사의 얼굴이 하얗게 굳어지는 모습이 보였다. 새의 몸통 가운데 부분이 열리며 세 명의 인간이 뛰어내린다. 그중 한 명은 환호성을 날리며 짐보를 향해 곧바로 뛰어왔다. 짐보는 단번에 그의 얼굴을 알아보았다.

"오랜만이야 코끼리 씨. 그동안 잘 지냈어?"

짐보는 긴 코를 뻗어 그녀에게 반가움을 표시했다. 여자는 짐보의 주름 가득한 콧잔등을 부드럽게 두드렸다.

여자와 함께 뛰어내린 다른 두 명은 처음 보는 얼굴들이었다. 그중 한 명은 짐보의 옆으로 천천히 다가왔고 다른 한 명은 사육사에게 다가갔다. 그가 사육사에 무언가를 내밀자 사육사의 얼굴이 순간 흙빛으로 변한다. 그동안 짐보의 옆으로 다가온 남자는 들고 있던 커다란 검은색 상자에서 무언가를 꺼내들었다. 거대한 턱이 달린 모양이 꼭 생선 머리뼈를 연상시킨다. 남자는 경계 가득한 얼굴로 그 생선 머리뼈를 아주 조심스레 짐보의 발목으로 가져다 댔다. 그러고는 생선 머리의 턱뼈 사이로 그의 발목에 감긴 녹슨 족쇄를 밀어 넣었다. 그 순간 짐보는 남자가 무엇을 하려는지 깨달았다. 짐보의 가슴은 흥분으로 달아올랐다.

남자의 설명을 다 듣고 사육사는 좌절했다. 종말의 운명은 잔인하게도 그가 방심한 순간 그를 덮쳐 왔다. 그는 그의 전 재산이나 다름 없는 코끼리를 이들에게 빼앗겨야 했다. 사육사는 이를 악물고 짐보를 돌아봤다. 그의 코끼리는 눈물을 흘리며 울고 있었다. 그 모습을 보며 사육사는 이유 모를 상실감에 사로잡혔다. 그동안의 삶에 대한 후회가 파도처럼 가슴 깊은 곳에서부터 밀려왔다.

발목이 가벼워진다. 어릴 때부터 짐보를 계속 구속해 왔던 사슬이 끊어졌다. 생살을 파고들던 가시가 마침내 사라졌다. 참을 수 없는 감격의 두 눈물이 눈가를 타고 주르륵 흘러내린다. 그는 이제 자유다.

수필

김태란

김태란

서울 출생으로 2010년 『문학시대』에 수필을 발표하면서 작품 활동을 시작
하였다. 2011년 제32회 만해백일장 대학일반부 산문 부문 장원, 제19회 호국
문예백일장 산문 부문 장려상 등을 수상하였다. 대진대학교 문예창작학과를
졸업하였으며, 시대문학, 한마루 동인으로 활동 중이다.
she1best@hanmail.net

다시 마주한 봄

  사람들의 입에서 '봄'이라는 단어가 자주 언급되는 요즘이다. 그러
나 아직 나뭇가지에 꽃이 핀 것도 아니고 날씨가 완전히 따듯해진 것
도 아닌데 사람들은 봄을 노래하고 있다. 사람들이 봄을 기다리는 것
은 비단 날씨가 온화하기 때문은 아닐 것이다. 언제부턴가 3월 그리고
봄은 새로운 출발을 알리는 시기가 되었기 때문이다. 그래서 사람들은

> **작가의 말⋯⋯⋯**
> "왕관을 쓰려는 자, 그 무게를 견뎌라."라는 말이 있습니다. 어릴 땐 그
> 말이 어떤 의미를 품고 있는지 제대로 헤아리지 못했습니다. 그러나 이십대
> 중반이 되어 가는 지금, 이제야 그 말의 의미를 알게 되었습니다. 봄 냄새,
> 여름 냄새를 맡으며 썼던 원고들이 늦가을이 되어서야 제 손을 떠납니다.
> 손을 훌훌 턴 기분에 마음은 가벼운데 계절이 바뀌는 동안, 몇 편의 원고를
> 썼는지를 헤아리자 마음이 무거워집니다. 열 손가락이 채 접히지 않는 손
> 을 보니 부끄러울 뿐입니다. 시간이 흐를수록 "저는 수필을 쓰는 사람입니
> 다."라는 말이 쉽게 나오지 않습니다. 그 말의 무게를 점차 느끼고 있기 때
> 문이겠지요. 다음 원고를 손에서 떠나보낼 땐, 손보다 마음이 더 가볍기를.
> 말의 무게를 이겨 낸 제 모습에 행복해할 수 있기를 바라 봅니다.

봄을 맞이하며 지나온 날들의 후회, 아픔, 좋지 않은 기억들을 잊어버리려고 한다. 그리고 새로운 출발과 또 한 번의 희망을 꿈꾸게 된다.

예전엔 봄이든 겨울이든 힘들거나 괴로울 때면 시도 때도 없이 '왜 나만?' 이라는 생각을 자주 했었다. 다른 사람들은 부족함이 없이 완벽하게만 사는 듯 보였다. 그래서 나의 부족한 점만 눈에 들어왔고 혼자 많이도 괴로워했었다. 그런데 시간이 흐를수록 남들이 가진 아픔이 눈에 들어왔다. 내가 여러 사연을 가지고 살아가듯이 다른 사람들도 저마다의 사연이 있다는 걸 깨달았다. 나는 이 사실을 어린아이들에게서도 느꼈다. 티 없이 맑고 고민 따위 없을 것만 같던 아이들에게도 어른이 느끼는 만큼의 고통과 아물지 못하는 상처가 있다는 걸 알게 되었다.

그 아이들은 바로 다문화가정지원센터 꿈나무안심학교에 다니는 초등학생들이다. 처음 아이들을 만났을 땐 그 아이들의 해맑음이 정말 부러웠다. 공부하는 것보다 밖에서 노는 시간이 더 많고, 학교 앞 문구점에서 천 원짜리 한 장으로 간식 여덟 개를 사 먹을 수 있는 여유도 있었기 때문이다. 공부 걱정도, 취업 걱정도, 돈 걱정도 없이 살 수 있다는 것이 그렇게 부러운 일인 줄 몰랐다. 그런데 그것은 나의 착각이었다. 아이들의 아픔은 오래지 않아 내 눈에 들어왔다. 신나게 잘 놀다가도 한 친구가 엄마 얘기만 하면 말이 없어지는 아이, 서로의 이름을 가지고 장난칠 때면 유난히 구석에 가 앉은 아이 등. 조금만 관심을 가지고 보면 아이들의 행동에서 그들의 아픔이 보였다.

다문화가정지원센터의 아이들은 다문화 가정이거나, 한 부모 가정, 다자녀 가정의 아이들이었다. 처음엔 다문화 가정, 한 부모 가정, 다자녀 가정의 아이들의 얼마나 어려움을 겪고 지내는지 알지 못했다.

그저 어느 정도의 아픔이 있겠거니, 생각할 뿐이었다. 그러나 아이들이 겪고 있는 어려움은 어른인 내가 겪기에도 버거워 보이는 것들이 많았다. 단지 그것을 겉으로 드러내지 않고 지낼 뿐이었다. 어쩌면 그런 아픔을 들키고 싶지 않아 더욱 밝게 지내는 것일지도 모르겠다.

특히 베트남 엄마와 한국인 아빠 밑에서 태어난 인화는 다른 아이들에 비해도 유난히 밝은 여자아이다. 올해로 2학년, 내가 작년에 만났을 때는 장난기 많은 초등학교 1학년 학생이었다. 사람들이 생각하는 초등학교 1학년 학생의 전형적인 모습을 가지고 있었다. 개구지고 웃음도 많고 먹는 것을 좋아하며 애교 또한 많았다. 공부하는 것을 꽤 싫어했지만 옆에서 조금만 다독이면 또 열심히 공부를 하였다. 그래서 '인화는 참 밝다.' 라는 생각을 했었다. 그런데 이주일이 지나도록 인화의 옷이 바뀌질 않았다. 언제나 같은 보라색 윗옷과 꽃무늬 레깅스, 해질 만큼 해진 운동화, 매일 달라지는 건 양말뿐이었다. 알고 보니 인화의 가정 형편이 매우 안 좋은 상태였다. 인화는 가끔씩 내게 말을 했다.

"아빠가 아파요. 그래서 저랑 안 놀아 줘요."

라고 말하곤 했었는데 나는 그 말을 별로 심각하게 받아들이지 않았었다.

"그렇구나. 우리 인화가 아빠 말씀 잘 들어야 아빠가 나으셔. 알았지?"

라며 가볍게 넘기기 일쑤였다. 그런데 인화의 아버지는 그냥 편찮으신 게 아니었다. 센터 선생님 말에 의하면 인화의 아버지는 암 말기도 훌쩍 넘긴 것 같았다. 이미 장기 몇 개를 떼어 낸 상태였고, 최근엔 간에서도 암세포가 발견되어 상태가 더욱 안 좋아졌다고 했다. 인화 어머니의 간을 이식하고자 했으나 그마저도 여의치 않은 상태라고 하였으니, "6개월 정도 남았대요." 라고 말한 센터 선생님의 말이 사실인 듯싶었다. 그 말을 들으니 마음이 너무 좋지 않았다. 인화 아버지가 돌아가신 후의 인화네 모습이 절로 머릿속에 그려졌다. 시부모님을 모시고 두 딸을 키워야 하는 인화 어머니의 모습 또한 상상되었다.

인화 어머니는 이십대 초반에 베트남에서 한국으로 시집을 온 여성이었다. 내 나이쯤에 먼 타국으로 시집을 와 시부모를 모시며 두 딸을 키우고 있는 것이었다. 예전보다는 많이 좋아졌다고는 하나 여전히 한국어는 서툴렀고, 혼자 공장에서 일을 하는 터라 돈 또한 많이 벌지 못한다고 했다. 그렇기에 인화 아버지의 투병은 더욱 힘들고 괴로울 것 같았다.

하루는 인화의 공부를 가르치다 "아빠는 지금도 편찮으셔?" 라고 물은 적이 있었다. 인화는 놀라운 일을 얘기해 주는 표정으로 말을 했다.

"네, 아빠 얼굴 완전 노래요. 눈도 노랗고 얼굴도 노랗고. 발가락에 벌레도 생겼어요."

라고 말했다.

"지금도 병원에 계시는 거야? 우리 인화가 심심하겠다."

라고 다시 묻자

"그런데요, 선생님. 아빠가 숨을 못 쉬어서 코에 호스도 끼웠어요."

라는 대답이 돌아왔다. 그 말을 듣는 순간 말문이 막혔다. 이 어린 아이에게 무슨 말을 해 줘야 할지 감이 오지 않았다. 인화의 눈을 맞추며 가만히 머리를 쓰다듬는 것 말고는 할 수 있는 게 없었다. 내가 아무런 말을 하지 못하고 있자 인화는

"그런데 이제 의사 선생님이 그랬는데요. 아빠가 저러다 숨이 끊어

지면 이제 장례식장에 가야 된대요."

하고 내게 말했다. 덜컥 겁이 났다. 그래서 고개를 저으며 아니라는 말만 내뱉었다. 한편으로는 아이 앞에서 그런 말을 내뱉은 의사가 원망스러웠다. 숨이 끊어지는 게 무엇인지, 장례식장이 무엇인지도 모르는 아이에게 내가 무슨 말을 할 수 있을까. 고작 아홉 살밖에 되지 않은 인화는 암의 무서움을, 아빠 상태의 심각성을 알 리 없었다. 그럼에도 아이의 눈에는 걱정이 한가득이었다. 그랬기에

"아니야, 인화가 기도 많이 하면 아빠가 얼른 나으실 거야. 집에도 금방 오실 걸?"

이라는 어설픈 위로를 건넬 수밖에 없었다. 인화는 내 말이 채 끝나기도 전에 나에게 새끼손가락을 내밀었다.

"선생님, 선생님도 기도해 주세요. 약속이요."

작고 여린 새끼손가락에 내 손가락을 걸며 얼마나 많은 기도를 했는지 모른다. 인화가 조금만 슬프기를, 아빠와의 헤어짐을 조금이라도 덤덤히 받아들일 수 있기를 간절히 기도했다.

자연스레 인화네 형편은 어려울 수밖에 없었고 판박이처럼 똑같은 인화의 옷차림 역시 어쩌면 당연한 것이었다. 아이를 무척이나 싫어하던 나를 이만큼 바꿔 놓은 것이 바로 인화였다. 특유의 사랑스러움과 애교, 예쁜 마음씨 때문에 나는 인화를 유달리 예뻐할 수밖에 없었다. 거기에 인화의 그런 사정을 듣게 되자 인화가 더욱 눈에 밟혔다. 그래서 주말이면 시내에 데리고 나가 햄버거며 감자튀김, 폴짝폴짝 뛸 만큼 좋아하는 콜라도 사 주곤 했다. 며칠 내내 손등이 빨갛게 터 있기에, 냉큼 화장품 가게로 들어가 순한 핸드크림도 선물로 주었다. 인화가 가진 부족한 부분을 내가 조금이라도 채워 주고 싶었다. 그래

서 더욱 인화에게 신경을 썼다. 몸이 아픈 아빠와 노쇠하신 할머니, 할아버지 그리고 늘 바쁜 엄마. 인화에게 부족한 것은 어쩌면 애정일지 모른다는 생각이 들었다. 그래서 자주 얼굴을 어루만지고 껴안으며 사랑한다고 말해 주었다. 한 번의 포옹이 아이의 앞날에 힘이 되고, 나의 존재가 잠시라도 기댈 수 있는 언덕이 되길 바랐다.

새해가 밝고 4월이 된 지금, 인화는 여전히 밝고 씩씩하며 고기반찬 앞에서 정신을 못 차리고 있다. 그리고 예전보다 부쩍 나를 더 잘 따르고, 자신의 고민이나 생각을 술술 잘도 말해 준다. 앞으로 커서 비행사가 되면 제일 좋은 자리에 나를 앉혀 주겠다며 호언장담까지 한다. 그런 인화를 보고 있노라면 내가 지금 하고 있는 고민과 겪고 있는 힘듦이 다 잊히는 기분이다.

누구나 상처와 사연을 갖고 있다는 걸 인화를 통해 다시금 깨달았다. 세상을 오래 산 어른이든 세상을 모르는 아이들도 마찬가지다. 그렇기에 '나만?'이라는 생각을 하며 지냈던 나의 지난 시간들이, 참 어리고 철없던 시간이었음을 느낄 수 있었다. 저마다의 사연과 상처를 지녔음에도 사람들은 자리에 주저앉거나 포기하지 않는다. 아무리 겨울이 춥다 하더라도 시간이 지나면 따뜻한 봄이 온다는 걸 알기 때문이다. 일 년 만에 찾아온 봄을 아주 행복하고 따뜻하게 보내고 싶다. 그래서 일 년 뒤 또다시 봄을 맞이하며 지금 이 봄을 '스스로를 딛고 일어났던 시기'로 기억하고 싶다. 부디 인화에게도, 나에게도 이번 봄이 그저 행복하고 따뜻하기만을 바라 본다.

세상을 바꾸는 힘
—하늘을 나는 아기 코끼리 덤보

집에 대한 그리움이 커지는 시간은 언제일까. 회사를 다니는 사람들이라면 대부분 '퇴근 시간'이라는 대답을 할 것이다. 정신적, 신체적 체력이 모두 바닥을 칠 시간. 그 시간이 되면 유난히도 발걸음이 빨라지는 기분이다. 안 그래도 몸에 배어 있는 '빨리 빨리'가 더욱 급하게 작동하기 때문이 아닐까 싶다. 그러다 보면 전철역 입구 혹은 출구에 누가 서 있는지 쳐다볼 겨를이 없어진다. 다만 귓가에 들리는 "안녕하십니까! 빅 이슈 팝니다."라는 소리에 '아, 누군가 빅 이슈라는 걸 파는구나.' 하는 생각만 들 뿐이다. 전철역 앞을 지나칠 때면 유난히 들려오는 그 소리가 바로 "안녕하십니까! 빅 이슈 팝니다."이다.

『빅 이슈』라는 잡지를 알게 된 건, 꽤 오래전 일이었다. 그러나 그게 어떤 잡지인지는 별로 관심을 두지 않았다. 그저 전철역 앞에서 빨간 조끼를 입은 아저씨가 'BIG ISSUE'가 크게 적힌 잡지를 판매한다는 사실만 인지하고 있었다. 앞서 말했던 것처럼 나는 늘 퇴근을 하는 중이었고 앞만 보고 빨리 걷기에 바빴기 때문이다. 내가 직장인이 아니었을 땐, 약속 장소에 가기 위해서 혹은 친구와 놀고 집에 가는 중이어서 주변에 신경 쓸 여유가 많지 않았다. 그날이 무척 더운 여름밤이었든, 뼛속까지 시린 겨울밤이었든 다르지 않았다. 그러나 같은 과의 친구가 『빅 이슈』에 대해 말해 주고, TV 프로그램에서 『빅 이슈』를 소개해 주는 것을 본 이후로는 『빅 이슈』를 쉽게 지나칠 수 없게 되었다.

간단하게 『빅 이슈』라는 잡지를 소개하자면, 이 잡지는 『빅 이슈』 판매원이 파는 잡지다. 『빅 이슈』 판매원은 줄여서 빅판이라고 불리기도 하는데, 그들은 모두 홈리스 출신이다. 사람들은 '홈리스'라고 하면 흔히들 거리 구석에서 널브러진 소주병과 함께 잠들어 있거나, 세상을 포기한 듯 전철역 구석에 앉아 있는 모습을 떠올릴 것이다. 그러나 『빅 이슈』를 판매하는 빅판들은 모두 당당하게 거리 위에서 자립을 외치기로 결심한 홈리스이다. 그 어떤 이가 길 위에서, 많은 사람들 앞에서 "나는 홈리스입니다." 라고 소리치는 것이 쉬울까. 그러나 그들은 자립하겠다는 의지와 용기를 가지고 거리 위로 나선 사람들이다.

그들의 『빅 이슈』라는 잡지는 단순히 우리가 알고 있는 잡지와 다르다. 이 잡지는 오롯이 빅판들의 자립을 위해 만들어졌다고 말할 수 있다. 『빅 이슈』는 1990년 영국에서 홈리스들에게 자립할 수 있는 경제적 기반을 마련하기 위해서 시작되었다. 단순히 숙식 제공이나 재활, 교육에 그치는 것이 아니라, 당당히 사회로 복귀할 수 있도록 경제활동을 제안하는 사업이라고 할 수 있다. 『빅 이슈』는 홈리스에게 합법적인 일자리를 제공해 경제적인 자립의 기회를 주고, 여러 기업과 협력하여 거리에서 안정된 판매를 할 수 있도록 지원해 주고 있다. 홈리스가 스스로의 선택으로 『빅 이슈』 판매원이 되기로 결심하면 이 주간의 임시 판매원 기간을 거친 후 정식 『빅 이슈』 판매원이 될 수 있다. 그 후 육 개월 이상 판매하고 꾸준히 저축을 하면 임대주택 입주 자격이 주어진다. 처음 임시 판매원이 되었을 때 무료로 열 부를 제공해 주고 교육을 시켜 준다. 이때 잡지를 모두 판매하게 되면 오만 원의 수입이 생기는데, 이를 원금으로 잡지를 이천오백 원에 구입

하여 오천 원에 판매를 하게 된다. 그러면 한 부당 이천오백 원의 수입이 생기는 것이다. 이런 식으로 빅판은 계속해서 잡지를 판매하고 그에 따른 수입을 저축하여 나중에는 임대주택에 입주할 수 있게 되는 것이다. 스스로 일하여 번 돈으로 저축을 하고, 임대주택에 입주까지 할 수 있기 때문에 빅판들은 이전에 없던 자립심을 키울 수 있게 되고 보다 당당한 삶을 살게 된다고 한다.

　나 역시 '홈리스' 라는 단어를 들었을 땐, 나약하고 세상에 대한 의지가 없는 노숙자의 모습이 가장 먼저 떠올랐다. 미소는커녕 오히려 사람들로 하여금 인상을 찌푸리게 하는 행동을 자주 한다고 생각을 했었다. 그러나 길거리에서 『빅 이슈』를 판매하는 빅판들은 전혀 그런 모습이 없다. 오히려 더 밝게 웃으며 사람들에게 먼저 다가가는 모습을 보인다. 빅판에게는 10가지 행동수칙이 있는데, 그중 한 가지가 '빅판으로 일하는 동안 미소를 지으며 당당하게 고개를 든다.' 라고 한다. 참 멋진 수칙이라는 생각이 든다. 만약 빅판들이 수줍어하거나 혹은 인상을 쓴 채로 잡지를 팔았다면 사람들이 쉽게 다가가지 못했을 것이다. 그러나 그들은 당당했고 밝았으며 보는 이로 하여금 웃음을 짓게 했다. 건강한 웃음을 지닌 사람들이었다. 그렇기 때문에 『빅 이슈』를 판매하는 빅판들의 이미지가 좋게 남는 것 같다.

　하지만 나는 쉽게 『빅 이슈』를 사지 못했다. 이유는 창피하게도 돈 때문이었다. 구차한 변명을 하자면 평소에 현금을 들고 다니지 않기 때문에 카드 결제가 안 되는 『빅 이슈』를 살 수가 없었다. (그러나 이 글을 쓰면서 일부 판매처에서는 카드 결제가 된다는 사실을 알게 되었다.) 하지만 내 지갑 안에 현금이 있을 때도 나는 『빅 이슈』를 사질 못했다. 오천 원이라는 돈이 생각보다 쉽게 지갑에서 나오질 않았다.

커피를 사 마시고 배고플 때 빵 하나는 쉽게 사 먹으면서도, 잡지를 사기 위한 오천 원이 그렇게도 크게만 느껴졌다. 얇은 잡지 안에 얼마나 알찬 내용이 들어 있을지 의구심이 들기도 했다. 그래서 그저 '나중에 회사에 취직하면, 돈 벌면 그때 사자.' 하고 생각만 해 왔다. 그러나 나의 절친한 대학 동기 S는 빅판을 볼 때마다 돈을 꺼내 『빅 이슈』를 산다고 했다. 『빅 이슈』는 한 달에 한 번씩 발행이 되는 잡지였는데, 한 달 동안에 빅판을 여러 번 만나면 같은 달의 잡지여도 『빅 이슈』를 구매한다는 것이었다. 나는 그녀의 말에 퍽 놀랐었다. 없는 용돈을 쪼개 가며 같은 호의 잡지를 사야 하는지 궁금했다. 그러나 S는 대수롭지 않다는 듯 얘기했다. 자신의 잡지를 삼으로써 빅판 분들에게 수입이 생기고, 그 수입이 모여 집을 살 수 있다는 걸 알기에 결코 돈이 아깝지 않다는 것이었다. 그녀는 자신의 방식으로 빅판을 돕고 있었고, 또 그렇게 응원하고 있었던 것이다. 언젠가 S는 먼 훗날 '빅 이슈 코리아'에서 일을 하고 싶다고 얘기하기도 하였다. 물론 연봉도 무척 적을 것이고 근무 환경이 좋지 않겠지만, 그럼에도 자신에게 어느 정도 실력이 생기고 힘이 생긴다면 꼭 '빅 이슈 코리아'에 입사하여 잡지를 만들고 싶다고 얘기했다. 그녀의 말을 들으며 나는 몰려 오는 창피함에 얼굴을 붉히기도 했다.

나는 길을 걸어가며 빅판을 마주칠 때도, 그분들이 큰 목소리로 "안녕하십니까! 빅 이슈 팝니다." 라고 얘기할 때도 애써 모른 척 또는 시간이 없다는 표정을 지으며 그 앞을 지나쳤다는 사실이 떠올랐다. 그들의 일이 얼마나 바람직하고 멋진 일인지를 알면서도, 그저 마음으로만 그들을 응원했고 '나는 빅 이슈에 대해 잘 아는 젊은이야. 그러니 돈이 생기면 그때 많이 사면 돼.' 라며 자위했던 것이다. 그리고 가장 부끄러웠던 건 내가 그들을 '도와야 한다.' 라고 생각했던 것이다. 『빅 이슈』 판매는 결코 기부나 구걸이 아니다. 엄연한 경제적인 활동이다. 그런데 나는 언젠가부터 그들을 어려움에 처한 사람이라고 생각하고, 연민과 동정의 마음을 품었던 것 같다. 나는 그들에게 동정이 아닌 응원을 건네는 사람일 뿐이었다. 시간이 지날수록 나의 인식은 점차 개선되어 갔다. 그건 바로 홈리스들의 경제적 자립뿐만 아니라, 사람들의 인식개선 사업에도 힘을 쏟고 있는 『빅 이슈』의 힘이었다.

　『빅 이슈』와 빅판들을 보며 내가 느낀 건, 그들이 '아기 코끼리 점보' 를 닮았다는 것이다. 만화 영화의 주인공인 아기 코끼리 점보는 유난히 큰 귀 때문에 같은 코끼리 사이에서 무시를 당한다. 엄마 코끼리의 서커스 쇼를 돕고자 하지만 큰 귀 때문에 자꾸만 넘어질 뿐, 큰 도움을 주지 못한다. 나중엔 쇼를 보러 온 관람객에게마저 귀가 크다는 이유를 손가락질까지 받는다. 그러나 점보는 이에 기죽지 않고, 나중엔 자신의 단점이었던 큰 귀를 이용하여 하늘을 나는 멋진 쇼를 펼친다. 그리고 점보는 스타가 된다. 지나치게 큰 귀는 같은 코끼리들에게서도 무시당할 만큼 큰 단점이었다. 그러나 점보는 작아지지 않았고 세상과 영영 멀어지지도 않았다. 당당하게 사람들 앞에 섰고 인정받았으며 코끼리 동료들 사이에서도 유명 스타가 됐다. 빅판들의 미래가 바로 이와 같을 것이란 확신이 든다. 지금은 비록 사람들 앞에 나서는 게 어렵고, 그들을 보며 차가운 시선을 보내는 사람들 때문에 힘도 들 것이다. 그러나 그들은 자신을 창피해하지 않고 숨기지도 않으며, 세상으로 한 발자국씩 들어가고 있다. 자립하고자 하는 의지와 사람 앞에 나설 수 있는 뜨거운 용기를 품고서 말이다.

뜨거운 더위가 누그러질 때쯤, 나는 원하던 회사에 입사를 했고 적게나마 월급을 받기 시작했다. 그리고 그때부터 내 지갑엔 늘 오천 원이 들어 있었다. 『빅 이슈』 판매원을 만나면 꼭 잡지를 사겠노라 다짐을 한 상태였다. 그리고 나는 노원역 2번 출구 앞에서 빨간 조끼를 입은 빅판 분을 마주치게 되었다. 그날은 전날에 내린 갑작스런 비 때문에, 유난히도 찬 바람이 부는 날이었다. 그럼에도 그분은 환한 미소를 지으며 사람들을 향해 소리쳤다. "안녕하십니까! 세상에서 가장 착한 잡지 빅 이슈입니다!" 평소엔 미처 듣지 못했던 인사말이 내 귀에 파고들었다. 곧이어 그는 얘기했다. "빅 이슈 신간이 나왔습니다. 홈리스들의 자활을 돕는 잡지입니다!" 그는 당당했다. 움츠러들지 않았으며 밝은 목소리로 사람들에게 인사를 건넸다. 나는 인사를 건네며 그에게 다가갔다. 그는 손에 들고 있던 잡지에 행여나 먼지가 묻었을까, 장갑 낀 손으로 연신 겉표지를 닦아 내며 잡지를 내게 건넸다. 그리고 나는 오랫동안 지갑에 들어 있던 오천 원을 그에게 내밀었다. 그 순간 알 수 없는 묘한 감정이 들었다. 늘 마음속으로만 하던 응원을, 실제로 크게 외친 기분이었다. 그리고 그분이 얼마나 멋진 사람인지, 『빅 이슈』 활동이 얼마나 대단한 일인지를 몸소 깨달았다. 노원역 2번 출구 앞에 있는 빅판 분은 내가 곁을 떠날 때까지 연신 허리를 숙여 감사하다며 인사했다. 그 인사를 받으며 나 역시 허리 숙여 인사했다. 그간 모른 척 지나쳤던, 피곤하다는 이유로 외면했던 내 모습이 너무 부끄럽고 창피하여 고개를 쉽게 들기 힘들 정도였다. 그리고 내가 다시금 발걸음을 옮겼을 때 그는 외쳤다. "안녕하십니까! 세상에서 가장 착한 잡지 빅 이슈입니다! 당신이 읽는 순간, 세상이 바뀝니다!" 그 말을 외치던 빅판의 목소리가 아직도 생생히 떠오른다.

내가 읽는 순간, 세상이 바뀐다는 말. 그 말을 듣는 순간 온몸의 털이 바짝 섰다. 정말 대단히 멋진 말이라고 생각한다. 하지만 세상을 바꾸는 힘이 단순히 『빅 이슈』를 사 읽는 사람들에게서 나온다고 생각하지 않는다. 그 힘은 바로 빅판에게서 나오는 것이다. 세상으로 당당히 걸어 나온 그 순간부터 세상은 변하기 시작했다고 생각한다. 그렇기 때문에 나처럼 거리를 두고 멀리에서 지켜만 봤던 사람이, 그들에게 다가가고 이해하고 『빅 이슈』를 구매함으로써 그들의 자립을 응원할 수 있게 된 것이다.

대학교 졸업 후, 출판사에서 일하기 시작한 S는 여전히 『빅 이슈』애독자였다. 대학생 시절엔 의정부 역 앞 빅판 분에게 잡지를 샀다면, 이제는 숙대입구 역 앞에 있는 빅판 분에게서 잡지를 사 읽는다고 한다. 날이 더울 때는 시원한 물 한 병을, 날이 추워진 요즘은 따듯한 캔커피를 함께 건네면서 말이다. 그녀의 모습을 보며, 나는 그녀가 언젠가 '빅이슈 코리아'에 입사하여 지금보다 더 멋진 『빅 이슈』를 발행할 것이란 생각이 들었다. 그리고 그때가 온다면 나는 그녀가 발행할 『빅 이슈』에 재능기부를 할 참이다. 물론 나에게 '재능기부'라고 불릴 만큼의 재능이 생긴다면 말이다. 그렇게 된다면 조금 더 세상은 변화하지 않을까. 그리고 더 나아가 아기 코끼리 점보처럼 세상 앞에 당당히 서서, 사람들의 박수갈채와 사랑을 받는 빅판들이 많아지지 않을까 싶다. 나는 앞으로도 『빅 이슈』를 사 읽으며 그들의 자립을 응원할 생각이다. 그리고 더 많은 이들이 『빅 이슈』를 읽고 세상을 바꾸길 꿈꿀 것이다.

동화

안주리

유수지

정은혜

안주리

서울 출생으로 동덕여대 문예창작과를 졸업하였으며, 2009년 『문학시대』에 동화를 발표하면서 작품 활동을 시작하였다. 한마루 동인회의 회장으로 활동 중이다.
qhrlfkd@naver.com

내 코는 코끼리 코

학교를 마친 유윤이가 집으로 돌아가는 길이었습니다. 길가에 버려진 석고 인형 하나가 눈에 띄었습니다. 유윤이는 석고 인형이 있는 곳으로 다가갔습니다. 코끼리 모양의 인형이었습니다. 누군가가 버린 것 같았습니다. 자세히 보니 코도 떨어져 있고 색도 많이 벗겨져 있었습니다. 왠지 고쳐 주고 싶다는 생각이 든 유윤이는 인형을 집어 들었습니다. 그리고 집으로 발걸음을 옮겼습니다.

"학교 다녀왔습니다."

작가의 말⋯⋯⋯

습하고 무더웠던 여름의 끝자락에서 불어오는 가을바람을 맞고 있자면, 힘들었던 올여름의 기억이 선명한 듯 흐리게 다가옵니다. 봄에 시작됐던 메르스의 여파부터 가뭄으로 힘들었던 농민들, 최전방의 지뢰 폭탄으로 대립된 남북의 관계 등 들끓었던 많은 것들이 지금은, 아침저녁으로 불어오는 가을바람처럼 선선해졌습니다. 힘들고 지쳤던 지난 일들이 큰 고개를 넘어 선선한 가을바람을 맞이하는 것과 같은 것이길 바라 봅니다. 이 선선함이 다시 무더워지거나 너무 차가워지지 않았으면 좋겠습니다.

"잘 다녀왔니?"

집으로 들어서자 엄마가 반갑게 맞이해 주셨습니다. 유윤이는 그런 엄마를 뒤로하고 후다닥 자신의 방으로 들어갔습니다. 엄마는 오자마자 간식을 찾았을 유윤이가 곧바로 방으로 들어가자 신기하다는 듯이 쳐다보았습니다. 유윤이는 책상에 앉아 코끼리의 부러진 코를 풀로 붙여 보았습니다. 그러나 코끼리의 코는 붙는 듯 싶더니 다시 떨어지고 말았습니다.

"왜 붙질 않는 거지?"

유윤이가 고민에 빠져 있을 때 엄마가 간식을 들고 들어왔습니다. 유윤이가 심각한 표정을 하고 있자 엄마가 물었습니다.

"유윤아, 무슨 일 있니?"

유윤이는 엄마에게 코끼리 인형을 보여 주며 말했습니다.

"엄마, 코끼리 코가 풀을 사용해도 붙질 않아요."

엄마는 코끼리 인형을 살펴보더니 대답했습니다.

"돌로 만들어진 인형이라 풀로 붙질 않는 거란다. 엄마가 다른 풀을 가져올게."

엄마는 석고 인형을 붙일 수 있는 풀을 가져왔습니다.

"강력접착제라는 건데 이 풀로 붙일 수 있을 거야."

엄마는 그 풀을 이용해 코끼리의 코를 붙여 주었습니다.

"와! 붙었다!"

신이 난 유윤이는 엄마가 나간 뒤에, 물감을 찾아 코끼리 인형을 색칠해 주었습니다. 그러자 코끼리가 꼭 살아 움직일 것만 같았습니다. 뿌듯함을 느낀 유윤이는 코끼리 인형을 책상 위에 놓고 머리를 쓰다

들었습니다. 그러자 놀랄 만한 일이 벌어지고 말았습니다. 코끼리 인형이 실제로 움직이기 시작한 것입니다. 그리고 더욱 놀라운 일이 벌어졌습니다.

"아함, 잘 잤다. 오랜만에 잠에서 깨어나니 몸이 찌뿌둥한데."

코끼리 인형이 기지개를 켜며 말까지 하는 것이었습니다. 유윤이는 눈이 휘둥그래졌습니다. 코끼리 인형은 그런 유윤이를 보며 인사를 했습니다.

"안녕, 난 로코라고 해. 네가 날 잠에서 깨워 줬구나. 내 코도 고쳐 주고 말이야."

코끼리 인형이 자신의 코를 만지며 말했습니다.

"집으로 가는 도중 너무 졸려서 잠이 들었더니 이 꼴이 났지 뭐니. 그러고 보니 넌 이름이 뭐야?"

"난, 유윤이야. 윤유윤."

"윤유윤. 멋진 이름인데! 내가 너에게 선물을 하나 줄게."

코끼리 인형은 자신의 코로 유윤이의 코를 두 번 톡톡 건드렸습니다. 그러자 유윤이의 코가 코끼리 코처럼 길고 커졌습니다. 유윤이는 너무 놀라 의자에서 넘어지고 말았습니다. 그 모습을 본 코끼리 인형이 웃음을 터뜨렸습니다.

"다치진 않았지? 너무 놀라지 말고, 코를 손으로 두 번 톡톡 치면 원래대로 돌아올 거야."

유윤이는 코끼리 인형의 말대로 손으로 코를 두 번 건드렸습니다. 그러자 거짓말처럼 원래 자신의 코로 돌아왔습니다. 코끼리 인형은 코를 두 번 만지면 코끼리 코가 될 것이고, 다시 두 번 만지면 원래 코로 돌아올 것이라고 설명해 주었습니다. 코끼리의 말은 사실이었습니다.

"내 코를 고쳐 준 것에 대한 선물이야. 필요할 때가 있을 거야."

말을 마친 코끼리 인형은 하나, 둘, 하나, 둘 하고 준비운동을 한 뒤 창문으로 뛰어올랐습니다.

"어디 가는 거야?"

유윤이가 물었습니다.

"집에 가야지. 우리 집은 저기에 있어."

코끼리 인형은 하늘을 가리키며 대답했습니다.

"내 집은 여기서 멀지만 우린 친구가 되었으니 언젠가 널 보러 올게."

유윤이는 왠지 모르게 섭섭했습니다. 코끼리 인형은 창문을 열고 힘껏 날아올랐습니다. 날개도 없이 하늘을 훨훨 나는 코끼리 인형을 보며 유윤이는 손을 흔들었습니다. 코끼리 인형이 떠나고 유윤이는 거울을 보며 계속해서 자신의 코를 만졌습니다. 늘어났다, 줄어들었다 하는 것이 신기했습니다. 이 모습을 엄마에게 자랑하고 싶어졌습니다. 하지만 한편으론, 엄마가 놀라지 않을까 하는 걱정도 들었습니다. 고민을 하던 유윤이는 엄마에게 말하기로 결심하고 거실로 나갔습니다. 엄마는 찻장에서 커피 잔을 꺼내고 있었습니다. 그런데 손이 닿을 듯 말 듯한 위치에 놓인 커피 잔이 곧 떨어질 것 같았습니다. 유윤이는 자신의 코를 두 번 만졌습니다. 그리고 길어진 코를 더 늘려 엄마가 꺼내려는 커피 잔을 대신 꺼냈습니다. 엄마는 커피 잔을 받아들고 돌아서서 유윤이를 보았습니다.

"유윤아! 코가 어떻게 된 거니?"

엄마는 코가 길어진 유윤이를 보고 깜짝 놀라며 물었습니다. 유윤이는 자신의 코를 원래대로 되돌린 다음 엄마에게 자초지종을 말했습니다.

"그랬구나. 그런 일이 있었구나."

엄마는 놀라워하면서도 걱정스런 목소리로 대답했습니다.

"친구들이 보면 놀라지 않을까?"

엄마가 묻자 유윤이가 대답했습니다.

"그렇지 않을 거예요. 엄마도 처음엔 놀라셨지만, 지금은 괜찮잖아요."

그러나 엄마의 표정은 어두웠습니다. 친구들에게 자랑하고 싶어진 유윤이는 엄마에게 걱정 말라며 밖으로 나갔습니다. 마침, 반 친구 지율이와 현우가 학원을 가고 있었습니다. 유윤이는 코를 늘어뜨리고는 친구들을 향해 다가갔습니다.

"얘들아, 안녕!"

친구들이 인사를 하는 유윤이 쪽으로 고개를 돌렸습니다. 그러나 유윤이의 생각과는 달리 지율이와 현우는 코가 늘어난 유윤이의 모습을 보고 놀라 소리를 쳤습니다.

"으악! 괴물이다!"

"코끼리 인간이다!"

유윤이는 생각지 못한 친구들의 모습에 그 자리를 도망치고 말았습니다. 큰 나무 뒤로 숨은 유윤이는 자신의 코를 원래대로 돌려놓았습니다. 엄마가 걱정했던 이유를 알 것 같았습니다. 앞으로는 친구들뿐만 아니라 사람들 앞에서도 코끼리의 코를 하고 나타나면 안 되겠다고 생각했습니다. 그런데 코끼리 인형은 코끼리의 코가 필요할 때가 있을 거라고 했는데 그게 언제일까 궁금해졌습니다. 유윤이는 '엄마의 커피 잔을 꺼내 줄 때 말고도 다른 필요한 일이 있을까?' 하고 곰곰이 생각했습니다. 그러나 도무지 생각나질 않았습니다. 집으로 향하는 유윤이의 발걸음은 힘이 없었습니다.

아파트 입구로 들어서자 저 멀리 사람들이 모여 있는 것이 보였습니다. 검은 연기가 하늘로 올라가는 것도 보였습니다. 그곳으로 달려가자 7층의 한 집에서 불이 나고 있었습니다. 그곳은 유윤이의 코를 보고 놀란 친구 지율이의 집이었습니다. 그때 누군가가 소리쳤습니다.

"소방차를 불러요! 119에 전화를 걸어요!"

"전화는 이미 걸었다고! 이러다 저 아이가 큰일 나겠어!"

자세히 보니 친구 지율이의 동생이 발코니에 얼굴을 내민 채 울고 있었습니다. 유윤이는 코를 늘어뜨려 구해야겠다고 생각했습니다. 그리고 코로 손을 가져가려는데 아까 친구들의 반응이 생각났습니다. '여기 있는 사람들이 아까 친구들처럼 놀라면 어떡하지?' 유윤이는 망설여졌습니다. 그때 지율이 동생의 울음소리가 더욱 크게 들렸습니다. 유윤이는 더 이상 고민하지 않고 재빨리 자신의 코를 두 번 만져 길게 늘어뜨렸습니다. 그리고 불이 나고 있는 곳으로 코를 뻗었습니다.

"아니, 저게 뭐야!"

"이, 이럴 수가! 사람이 코끼리 코를 가지고 있어!"

사람들의 반응에도 유윤이는 아랑곳하지 않았습니다. 유윤이는 발코니 안으로 코를 넣어 지율이의 동생을 안아 들었습니다. 그리고 밖으로 빼냈습니다.

"아이를 구했다! 아이를 구했어!"

사람들의 웅성거림이 환호성으로 바뀌었습니다. 유윤이는 거기서 멈추지 않고 지율이의 동생을 바닥에 내려놓은 다음, 아파트 옥상에 있는 물탱크까지 코를 길게 늘어뜨렸습니다. 그리고 물탱크 속의 물을 코로 잔뜩 빨아들인 다음, 불이 나고 있는 곳에 힘차게 뿌렸습니다. 그렇게 서너 번 하고 나자 불은 꺼졌습니다. 그 장면을 본 사람들은 성원과 함께 큰 박수를 보냈습니다. 그때 소방차가 왔습니다. 소방대원들은 불이 다 꺼진 아파트를 보고 어리둥절해했습니다. 처음 119에 신고했던 사람이 소방대원들에게 어떻게 된 일인지 설명해 주었습니다. 그리고 어느샌가 나타난 유윤이의 엄마도 사람들 속에서 유윤이에게 박수를 보내고 있었습니다. 유윤이는 엄마를 보자 달려갔습니다.

"엄마!"

유윤이가 엄마의 품에 꼭 안겼습니다.

"우리 유윤이가 정말 용감한 일을 했구나."

엄마가 유윤이의 머리를 쓰다듬으며 칭찬해 주었습니다. 그때 지율이가 동생과 함께 다가왔습니다.

"유윤아, 내 동생 구해 줘서 고마워. 그리고 아까 너무 놀라 소리친 거 미안해."

지율이가 말하자 유윤이가 대답했습니다.

"아니야, 나도 만약 코끼리 코를 가진 친구를 봤다면 무척 놀라 소리쳤을 거야."

유윤이와 지율이는 서로 눈을 마주치며 미소를 지었습니다. 그리고 사람들이 하나둘씩 유윤이에게 모여들었습니다. 다들 칭찬과 함께 코끼리의 코를 가진 유윤이를 신기해했습니다. 소방대원들은 그곳을 정리하기 시작했고, 유윤이는 엄마와 함께 집으로 돌아왔습니다.

저녁을 먹고 침대에 누운 유윤이는 자신의 코가 필요할 때가 있을 거라는 코끼리 인형 로코의 말을 떠올렸습니다. 그리고 앞으로는 정말 필요한 때에 자신의 코를 써야겠다고 다짐했습니다. 유윤이는 자신의 코를 코끼리 코로 만들어 창문을 열었습니다. 어두워진 하늘에 반짝반짝 빛나는 별이 보였습니다. 저 중에 코끼리 인형 로코의 고향이 있을 거라고 생각하니 왠지 모르게 별들이 더 친근하게 느껴졌습니다. 유윤이에게 오늘 하루는 정말 놀라운 일들의 연속이었습니다. 유윤이는 언젠가 자신을 보러 올 로코에게 오늘 일을 꼭 말해 주어야겠다고 생각했습니다.

유수지

서울 출생으로 연세대학교 국어국문학과와 행정학과를 졸업하였고, 연세대학교 대학원 국어국문학과에 재학 중이다. 2009년 『연인』에 동화를 발표하면서 작품 활동을 시작하였다. 동화집 『할머니와 틀니』가 있으며, 한마루 동인으로 활동 중이다.

sjyoou@gmail.com

새로운 세상으로 떠난 오월이

마린 수족관에는 할아버지, 똑똑이 삼촌, 오월이 이렇게 총 세 마리의 돌고래가 살고 있습니다. 오월이는 마린 수족관에서 가장 어린 돌고래입니다. 그래도 벌써 다섯 살입니다. 오월에 태어났다고 해서 이름이 '오월' 이가 되었습니다.

오월이는 태어났을 때의 기억이 없습니다. 기억이 나기 시작하는 때부터는 이 마린 수족관에서 살고 있었습니다. 하지만 같이 사는 할아

작가의 말·······

처음 동인지에 참여하던 날이 생생한데 이번 동인지가 저에게는 벌써 세 번째입니다. 하지만 여전히 제 글을 누군가에게 보여 준다는 것에는 부끄러움이 앞섭니다. 그럼에도 불구하고 함께 걸어가 주는 동인들 덕분에 이번 역시 이 부끄러움을 무릅쓰고 용기 내어 발표해 봅니다. 글을 발표하기 전 부끄러움보다는 설렘이 앞서는 날이 오기를 간절히 바라 봅니다.

이번에도 좋은 동인 식구들과 함께할 수 있어 행복했습니다. 함께 걸어가는 날이 늘어나는 만큼 제 글도 깊어지기를 희망합니다.

버지 돌고래는 오월이가 온 날을 생생하게 기억하고 있습니다. 할아버지는 오월이가 오기 전까지 이 수족관 수조 안에서 혼자 살고 있었습니다. 그때는 똑똑이 삼촌도 없었다고 합니다.

어느 날 수족관 사육사들이 잠들어 있는 오월이를 이 돌고래 수조 안으로 넣어 줬다고 합니다. 할아버지는 갑자기 하늘에서 떨어진 오월이의 모습에 당황했지만 사랑을 가득 담아 키웠습니다. 그로부터 일 년 뒤 오월이가 두 살이 되던 해, 똑똑이 삼촌이 왔습니다. 삼촌도 오월이와 마찬가지로 사육사들이 이 수조 안으로 집어넣었습니다. 그렇게 셋이 한 수조에서 함께 지낸 지 삼 년이 다 되어 갑니다. 셋은 이제 가족이나 다름없습니다.

똑똑이 삼촌은 아는 것이 많아 붙여진 별명입니다. 삼촌은 원래 바다에서 살았습니다. 삼촌은 궁금증이 많고 모험심이 강해 바다 이곳저곳을 헤엄쳐 다녔습니다. 그러던 중 사람들이 쳐 놓은 그물에 걸려 빠져나오지 못하고 붙잡혔습니다. 그 후 배 위로 끌어 올려졌고, 기절하여 그다음 기억은 없습니다. 눈떠 보니 이 수조 안이었습니다. 그래서 처음 수조 안에 온 삼촌은 한동안 우울해했습니다. 하염없이 바다만 그리워한 채 아무것도 하지 않고 웅크리고 있었습니다. 그렇게 우울한 시간을 보내다 오월이와 할아버지의 위로에 힘입어 조금씩 기운을 차렸습니다.

기운을 차린 삼촌은 오월이에게 여러 재미있는 이야기를 들려주십니다. 그중 삼촌이 가장 많이 이야기하는 것은 바다입니다.

바다! 오월이는 바다가 어떤 곳인지 모릅니다. 하지만 바다 이야기를 할 때마다 신이 나는 삼촌을 보면 바다는 아마 행복이 가득한 곳인가 봅니다.

"오월아, 바다는 이 수조 크기의 열 배는 넘을 거야."

오월이는 삼촌 말을 이해할 수 없었습니다.

"삼촌, 열 배나 넓다는 건 무슨 말이에요?"

"쉽게 말해 이 수조가 열 개 정도 있다는 말이지."

삼촌의 설명에도 오월이는 바다가 얼마나 큰지 알 수 없었습니다.

"그래도 모르겠어요."

"바다는 말이야 한마디로 끝이 없는 곳이야. 아무리 멀리 헤엄쳐도 바다가 계속해서 나오거든."

오월이는 여전히 바다가 어떤 곳인지 모르겠지만 엄청 넓고 다양한 물고기들이 가득한 행복한 곳이라고 막연히 생각했습니다.

"오월아, 나중에 삼촌이 꼭 바다에 데려가 줄게. 우리 돌고래들은 바다에서 살아야지 이런 좁고 답답한 곳에서 살 수 없어."

오월이는 지금 이 수조도 충분히 넓었지만 삼촌에게는 아닌가 봅니다.

삼촌은 모험하면서 경험한 이야기들을 재미나게 들려주는 이야기꾼이기도 합니다. 요즘 삼촌이 오월이에게 들려주는 이야기는 12년 전 바다에서 만난 코끼리 아줌마와의 이야기입니다.

"삼촌! 코끼리 아줌마 이야기 마저 들려주세요."

"그래, 저번에 삼촌이 어디까지 이야기했었지?"

삼촌이 들려주는 이야기는 이러했습니다.

삼촌이 열 살이었을 때, 그때도 삼촌은 호기심 많은 돌고래였습니다. 그날도 친구들과 떨어져 먼 바다까지 나갔습니다. 저 멀리에서 그 때까지 본 중에 가장 큰 배가 다가오고 있었습니다. 삼촌은 배의 크 기에 놀라 가까이 다가갔습니다. 그러고는 더욱 깜짝 놀랐습니다. 태 어나 처음 보는 코가 매우 길고 몸이 커다란 동물이 갑판 위에 있었 기 때문입니다. 그동안 배는 사람만 타는 것이라고 생각했었는데 아 니었나 봅니다. 신기한 광경이었습니다. 삼촌은 높이뛰기 실력을 발휘 해 배 위에 긴 코를 가진 동물에게 말을 걸었습니다.

"안녕? 난 돌고래인데 넌 누구니?"

삼촌의 말에 그 동물은 매우 반가워하며 말했습니다.

"난, 코끼리라고 해! 그동안 바다 위에서 너무 심심했었는데 정말 반가워."

"넌, 어디로 가는 거니?"

삼촌의 물음에 코끼리는 대답했습니다.

"난, 지금 한국으로 가는 중이야."

"한국! 나도 한국이 고향이야. 제주도 앞바다가 내가 태어난 곳이 거든."

삼촌의 말에 코끼리는 펄쩍 뛰며 대답했습니다.

"내 고향은 한국이 아니야. 태국이란 곳이지."

"그럼, 왜 한국으로 가니?"

"내가 어릴 때 살던 곳은 태국 숲이었어. 그런데 어느 날 밤 사람들 이 자고 있던 나를 갑자기 잡아서 일본으로 보냈지 뭐야?"

삼촌은 갑자기 가족과 떨어지게 되어 슬펐을 코끼리를 위로했습니다.

"저런 많이 힘들었겠구나. 그럼 일본에서는 뭘 했어?"

일본으로 간 코끼리 아줌마는 작은 도시의 동물원으로 보내졌습니다. 세월이 흘러 옆 도시에 큰 동물원이 생기자 사람들은 더 이상 아줌마가 있는 동물원을 찾지 않았습니다. 사람들의 발걸음이 뜸해지자 수입이 없어 동물원을 계속해서 관리할 수 없게 되었습니다. 결국 동물원 사람들은 동물원 문을 닫기로 결정했습니다. 그곳에 있던 동물들은 각자 다른 동물원으로 뿔뿔이 흩어졌습니다. 아줌마는 한국에 있는 동물원으로 가게 되었습니다. 그래서 배를 타고 바다를 건너게 된 것입니다.

이야기를 다 들은 삼촌은 코끼리 아줌마가 안쓰러워졌습니다. 그리고 이제 친구가 된 코끼리 아줌마를 어떻게든 도와주고 싶었습니다.

"한국에 도착하면 동물원을 나와 제주도로 찾아와. 그럼 내가 널 따라가며 태국까지 가는 길을 안내해 줄게!"

삼촌은 거의 모든 바다를 돌아다녔는데 태국 앞바다도 한 번 가 본 적이 있었습니다. 삼촌은 자신이 해안을 따라 바다에서 이동하면 코끼리가 육지에서 자기를 따라 걸으면 된다고 생각했습니다.

"정말? 하지만 동물원을 나오는 건 쉬운 일이 아니라고."

코끼리 아줌마는 삼촌의 제안에 잠깐 설레었지만 금방 시무룩해졌습니다. 동물원을 빠져나오는 것은 쉬운 일이 아니기 때문입니다. 동물원에서 코끼리들은 우리에서 생활하는데 그 우리는 높은 담으로 둘러싸여 있습니다. 그래서 그곳을 빠져나오기란 쉬운 일이 아닙니다.

"오래 걸려도 괜찮아. 네가 올 때까지 제주도 앞바다에서 너를 기다릴게! 우린 이제 친구잖아. 내가 널 다시 고향으로 돌려보내 줄게."

삼촌은 코끼리를 응원했습니다. 그러고는 이어 말했습니다.

"우리 둘이 약속한 거야. 그러니 언제가 되었든 동물원을 탈출해 나를 찾아오면 돼! 내가 먼저 제주도 앞바다에 가서 기다리고 있을게!"

그 뒤 삼촌은 하루도 빼먹지 않고 제주도 앞바다에 나가 코끼리 아줌마가 올 날을 기다렸습니다. 하지만 어느 날 사람들이 쳐 놓은 그물을 미처 피하지 못하고 그물에 걸리게 된 것입니다. 그 후 이 수족관으로 왔습니다.

삼촌의 이야기를 다 들은 오월이는 괜스레 슬퍼졌습니다. 가족들과 헤어져 먼 길을 떠난 코끼리 아줌마도 불쌍했고, 삼촌이 왜 그토록 바다에 가고 싶어 하는지 조금은 알 것 같았습니다. 삼촌은 코끼리 아줌마와의 약속을 지키기 위해 바다로 가고 싶었던 것입니다.

삼촌의 이야기를 듣다 보니 어느새 '돌고래쇼'에 나갈 시간이었습니다. '돌고래쇼'에서 오월이는 공을 힘차게 튕겨 코로 받는 묘기를 펼칩니다. 처음 쇼에 나가던 날을 잊을 수 없습니다. 돌고래쇼를 펼치는 곳은 야외였습니다. 삼촌에게 말로만 듣던 태양과 구름을 처음 본 날이었습니다. 예쁘게 뭉게뭉게 피어 있던 하얀 구름을 잊을 수 없습니다. 오월이가 물 밖으로 반짝 뛰어올랐을 때 등에 닿던 태양의 감촉도 정말 포근했습니다.

하지만 이제 오월이는 쇼에 나가기 싫어졌습니다. 쇼에 나가기 위해 매일같이 훈련을 받아야 했습니다. 그 훈련은 몹시 힘들고 괴로웠습니다. 훈련을 제대로 받지 않거나 쇼를 망친 날에는 사육사들이 밥을 주지 않았습니다. 게다가 몸이 아픈 날에도 사육사들에게 억지로 끌려 나가 재롱을 부려야 했습니다. 그런 날이면 기분이 축축 가라앉았습니다. 하기 싫은 일을 억지로 해야 하는 건 정말 슬픈 일입니다. 삼촌은 오월이보다 더 쇼에 나가기 싫어했습니다.

쇼를 하고 온 날은 서로 수조에 돌아와 아무것도 안 하고 가만히 물에 떠 있기만 합니다. 마음도 아프고 몸도 지쳐 서로 말할 기운도 없습니다. 그렇지만 쇼에 나가지 않으면 먹이를 주지 않기 때문에 살기 위해서는 어쩔 수 없이 해야 했습니다. 삼촌은 그 먹이마저 맛이 없다고 합니다. 바다에 가면 싱싱한 생선을 먹을 수 있는데 여기서 사육사들이 주는 먹이는 죽은 생선이라 맛이 없다는 것입니다. 오월이는 사육사들이 주는 먹이만을 먹고 자랐기 때문에 '싱싱한 맛'이 무엇인지 알 수 없을 따름입니다.

기쁜 소식은 갑자기 찾아왔습니다. 나라에서 '돌고래쇼'를 멈추기로 결정했습니다. 돌고래들이 너무 많이 괴로워하는 것을 깨닫고는 쇼를 없애기로 결정한 것입니다. 병에 걸려 수조 바닥에 누워 있던 할아버지도 그날만큼은 기뻐하며 춤을 덩실덩실 추었습니다. 또 하나의 기쁜 소식이 연달아 들려왔습니다. 바로 사람들이 똑똑이 삼촌을 바다로 돌려보내 주기로 결정했다는 소식입니다.

사람들은 이제야 똑똑이 삼촌이 불법으로 잡혀 왔다는 것을 알게 되었습니다. 할아버지 역시 바다에서 잡혀 왔지만 사람들은 할아버지가 불법으로 잡아 왔다는 증거를 찾을 수가 없다고 합니다. 그래서 잘못 잡혀 온 증거가 있는 삼촌만 놓아 주기로 결정했습니다. 넓은 바다에서 살다가 좁은 수조에 갇혀 살았으니 삼촌에게 수조는 감옥 같았을 것입니다. 이제라도 삼촌이 바다로 돌아갈 수 있게 되어 다행입니다.

"나만 가게 되어 미안하네요."

삼촌이 할아버지에게 미안한 마음을 전했습니다.

"아니네. 나는 이제 병들고 너무 늙어 움직일 기운도 없네. 자네라도 불법으로 잡힌 것이 밝혀져 다행이네."

할아버지와 오월이는 삼촌과 헤어지는 것이 아쉬웠습니다. 하지만 삼촌은 바다로 가 코끼리 아줌마와 한 약속을 지켜야 하니 섭섭한 마음을 감췄습니다.

"할아버지, 그럼 저 먼저 바다로 가겠습니다. 오월아! 바다에서 언젠가 볼 수 있기를 바랄게. 바다에 오거든 꼭 나를 불러."

돌고래들끼리는 초음파를 통해 연락할 수 있습니다. 삼촌은 오월이에게 나중에 바다에 올 수 있게 되면 꼭 자신에게 연락하라고 했습니다. 어디에 있든 오월이에게 달려오겠다고 말하며 삼촌은 그렇게 수족관을 떠나 바다로 갔습니다.

삼촌이 떠난 후 수족관에는 큰 변화가 생겼습니다. 관객들에게 인기가 있던 돌고래쇼를 더 이상 할 수 없게 되자, 수족관에 오는 사람이 줄어든 것입니다. 수족관 사장은 돈을 벌기 위해 '돌고래쇼' 대신 '돌고래 체험'을 만들었습니다.

'돌고래 체험'은 쇼보다 오월이를 더 힘들게 했습니다. 사람들이 돌고래를 만지거나 돌고래 등지느러미를 붙잡고 같이 수영하는 것이 '돌고래 체험'의 내용입니다. 쇼를 할 때는 만지는 사람이 없어 피부가 벗겨지지는 않았습니다. 그런데 체험에서는 가끔 손을 깨끗이 씻지 않고 오월이를 만지는 사람들 때문에 피부에 병이 옮기도 했습니다.

오월이는 자신을 괴롭히는 수족관에서 더 이상 살고 싶지 않았습니다. 삼촌이 자랑한 바다로 가고 싶어져 사육사 주변을 뱅뱅 맴돌았습니다. 하지만 사육사는 오월이의 마음을 알아채 주지 못했습니다. 점점 수족관에서의 생활이 답답해졌습니다.

'삼촌이 말한 바다는 어떤 곳일까? 정말 그곳에 가면 아무도 날 괴롭히지 않고 자유롭게 돌아다닐 수 있을까?'

날이 갈수록 오월이는 '바다'에 대한 그리움이 커졌습니다. 한 번도 가 보지 못했지만 이상하게 자꾸만 마음이 쏠렸습니다. 오월이는 점점 더 우울해져 사육사들이 훈련시킬 때 말고는 꼼짝도 하지 않았습니다. 할아버지는 그런 오월이를 안타깝게 여겼습니다.

"오월아, 기운내렴. 네가 기운을 차리고 있어야 바다에 갈 기회가 왔을 때 힘을 내서 가지. 바다에서 살려면 체력이 좋아야 한단다."

바다 이야기에 오월이는 아주 조금 힘이 나는 기분이 들었습니다.

"할아버지, 할아버지도 바다를 잘 아세요?"

"그럼, 삼촌도 아는 걸 이 할아버지가 모를까 봐? 할아버지도 몇 십 년 전에는 바다에 살았었지. 바닷물은 이 수족관 물보다 훨씬 깨끗하단다. 그리고 다양한 물고기들이 많이 살아 그것들을 구경만 하고 있어도 우울할 틈이 없는 곳이지."

넓은 바다에서 끊임없이 헤엄치려면 지금과 같은 체력으로는 안 된다며 할아버지는 오월이에게 운동을 하라고 충고했습니다. 그러면 안 되지만 오월이는 할아버지 충고를 한 귀로 듣고 흘렸습니다. 아무리 생각해도 평생 수족관에서 탈출할 수 없을 것 같았기 때문입니다.

'그러고 보니 코끼리 아줌마는 동물원에서 잘 탈출했을까? 지금쯤 삼촌을 만나 고향으로 돌아갔을까?'

아침부터 돌고래 수조에 사람들이 북적였습니다. 그들은 할아버지를 큰 거적에 감싸 수조 위로 들어 올렸습니다. 오월이는 그들을 막기 위해 사람들 주변을 맴돌며 펄쩍펄쩍 뛰었습니다. 그러나 그들은 아랑곳하지 않고 할아버지를 더 높이 들어 올려 수조 바깥으로 데리고 갔습니다. 곧 그들은 오월이 역시 거적에 감싸기 위해 수조 속으로 거적을 퐁당 빠뜨렸습니다. 오월이는 잡히지 않으려고 열심히 도망쳤지만 좁은 수조 안은 숨을 곳이 없었습니다. 결국 오월이는 붙잡히고 말았습니다. 무언가 따끔한 것이 등을 콕 찔렀습니다. 이로 인해 오월이는 잠에 들었고 일어나 보니 낯선 곳이었습니다. 그곳에는 오월이 같은 돌고래가 많이 있었습니다. 오월이는 눈을 뜨자마자 할아버지를 찾았습니다.

"할아버지! 할아버지!"

저기 한구석에서 할아버지가 대답했습니다.

"오월아, 할아버지 여기 있다. 많이 놀랐지?"

"할아버지 대체 여기가 어디에요?"

"여기가 바로 바다란다."

"바다요?"

그리고 보니 피부에 닿는 물에 감촉이 수족관 물과는 달랐습니다. 피부가 숨을 쉰다고 해야 할까요. 무척 낯설면서도 기분 좋아지는 감촉이었습니다. 또한 싸한 소독약 냄새 대신 짭조름한 바다 냄새가 오월이의 코 속을 맴돌았습니다.

알고 보니 나라에서 돌고래들이 어떻게 수족관으로 왔는지 철저하게 조사하여, 불법으로 잡힌 돌고래들을 풀어준 것입니다. 정부에서 조사한 바에 의하면 오월이는 태어나고 얼마 안 있어 그물에 걸려 수족관에서 생활하게 된 돌고래였습니다.

바로 바다에 풀어주면 오랫동안 수족관에서 생활한 돌고래들이 바다에 적응하지 못할까 봐 일시적으로 바다 한쪽에 울타리를 친 '가두리'라는 곳에서 '바다 적응 훈련'을 시킨다고 했습니다. 여기서 하는 훈련은 쇼에서 하는 훈련과 달랐습니다. 오랫동안 수족관 물에서 살았을 돌고래들이 바닷물에 적응하도록 하는 것이 기본 훈련입니다. 또 먹이를 사냥하는 훈련, 넓은 바다에서 지치지 않도록 운동 능력을 높이는 훈련을 실시하고 있었습니다. 여기서 훈련을 무사히 마친 돌고래들은 바다에 풀어줘 자신들이 원하는 삶을 살 수 있도록 해 줍니다.

오월이는 자신을 괴롭히는 사람들의 손길이 없어지자 점차 기운이 나기 시작했습니다. 오월이 말고도 많은 돌고래들이 함께 훈련을 받았습니다. 이곳에서 오월이는 또래 친구들을 처음으로 만날 수 있었습니다. 가장 친한 친구는 '초록이'입니다. 초록이는 이 가두리 안에서 누구보다 활발하고, 제일 호기심이 많았습니다. 그 모습이 꼭 똑똑이 삼촌을 생각나게 했습니다.

처음으로 바다에 나가 친구들과 살아 있는 오징어를 먹었을 때 그 맛은 정말 환상적이었습니다.

'세상에 이렇게 맛있는 먹이도 있다니!'

사육사들이 던져 주던 죽은 생선과는 비교도 안 될 정도로 몹시 맛있었습니다. 이대로만 간다면 바다에서 생활하는 데는 아무 문제가 없을 것 같았습니다.

신나게 훈련을 받던 어느 날 친구 돌고래 초록이가 오월이에게 더 먼 바다까지 나가 보자고 했습니다.

"우리 좀 더 멀리까지 나가 보자. 이제 우리 높은 파도에서도 얼마든지 잘 헤엄칠 수 있잖아."

"좋아, 나도 바다 헤엄이라면 이제 자신 있어."

오월이와 초록이는 끝없이 펼쳐진 바다를 향해 계속해서 헤엄쳤습니다. 초록이는 이제 '가두리'도 조그만 공간이라 마음에 안 든다고 했습니다.

"이제 가두리로 돌아가고 싶지 않아. 이 바다 저 바다 돌아다니며 멋진 세계를 여행할래!"

초록이는 한껏 들떠 있었습니다. 오월이도 덩달아 신이 났습니다. 둘이 한참을 구경하고 있는데 오월이의 등 뒤에서 초록이의 외침이 들렸습니다.

"오월아, 피해! 상어야!"

오월이는 상어를 피하라는 초록이의 말이 이상했습니다. 마린 수족관에서 자신의 앞 수조에 살고 있던 상어 아저씨는 얌전했기 때문에 피할 이유가 없었습니다. 하지만 저 앞에서 무서운 속도로 헤엄쳐 오는 상어는 수족관의 상어 아저씨와는 어쩐지 달라 보였습니다. 그 순간 오월이의 머릿속에서 예전 삼촌의 말이 떠올랐습니다.

'그래, 바다에서는 삼촌이 상어를 조심해야 한다고 했지. 수족관에 상어 아저씨와 바다에 상어는 다르다고 하면서 그렇게 말씀하셨었어. 상어한테 물리면 크게 다쳐 죽을 수도 있다고 하셨었지. 바보같이 잊어버리고 있었네.'

날카로운 이빨을 보이며 무서운 표정으로 상어는 오월이를 향해 빠르게 다가오고 있었습니다.

'아! 얼른 도망쳐야 하는데 왜 이렇게 몸이 안 움직이지?'

오월이는 상어가 너무 무서워 몸이 얼어붙었습니다. 그리고 자기도 모르게 초음파로 삼촌을 불렀습니다.

"삼촌! 도와줘요!"

그러나 이미 몇 년 전에 바다로 나간 삼촌이 오월이의 초음파를 들을 수 있을 리 없습니다. 이대로라면 꼼짝없이 상어에 물리게 생겼습니다. 바로 그때 초록이가 머리로 오월이의 꼬리를 밀어주었습니다.

"오월아! 정신 차려! 잘못하다가는 상어한테 잡아먹히겠어."

초록이의 호통에 간신히 정신이 든 오월이는 부랴부랴 도망쳤습니다. 젖 먹던 힘까지 쥐어 짜내 전속력으로 헤엄쳐 간신히 가두리에 도착했습니다. 가두리 안으로 들어오자 그제야 안심이 되었습니다.

바다는 마냥 좋기만한 곳인 줄 알았는데 그렇지도 않은 모양입니다. 그날 밤 오월이는 오랜만에 마린 수족관을 떠올렸습니다.

'수족관에서 살면 비록 맛은 없지만 먹이도 알아서 나오고, 상어 때문에 죽을 일도 없긴 하겠지. 그렇지만 이제 나도 수조가 좁은 걸 알아서 다시 돌아간다면 답답할 텐데.'

오월이는 좁은 수조와 사람들의 아픈 손길만 생각하면 수족관에 돌아가기가 싫었습니다. 하지만 바다에서 홀로 살아가는 것도 무서웠습니다.

'어떡하지? 바다는 포기하고 다시 수족관으로 돌아갈까?'

상어를 만난 이후 오월이는 계속 망설였습니다. 바다는 매력적이고 자유로운 곳이지만 그만큼 무섭고 모르는 것들이 많아 두렵기도 한 곳이었습니다. 오월이는 넓은 세상으로 나갈 용기가 나지 않았습니다. 할아버지는 망설이는 오월이의 마음을 눈치채셨습니다.

"오월아, 바다는 분명 편하기만한 곳은 아니란다. 그렇지만 그만큼 즐거운 삶이 가득한 곳이기도 하지."

"할아버지, 이제 수족관이 나에게 얼마나 나쁜 곳인지 알았어요. 그 곳에 물은 소독약으로 가득 차 우리 몸에 안 좋고, 사람들이 시키는 대로만 살아야 하는 곳이란 것도 알았어요. 하지만 바다로 나가기도 너무 무서워요."

"누구나 다 처음에는 낯선 곳이 무섭단다. 하지만 그 무서움을 잠 깐 버티면 더 좋은 생활이 기다리고 있단다. 용기를 내렴."

"하지만 저는 이제 밖으로 나가면 혼자인 걸요. 친구들은 다들 헤 어졌던 자기 가족을 찾아간다고 하고. 그렇지만 저는 진짜 가족은 생각이 나지 않아요. 나가 봐야 저는 외톨이일 거예요."

"그렇지 않단다. 바다에는 많은 돌고래들이 살고 있지. 그들과 어 울려 살다 보면 진짜 가족을 찾을 수도 있고, 아니면 우리가 가족이 되었던 것처럼 새로운 가족을 만날 수도 있단다."

오월이의 지친 마음을 할아버지는 어루만져 주셨습니다.

얼마간 시간이 지나 사육사들은 오월이와 초록이를 포함하여 비교 적 어린 돌고래들을 바다에 영원히 풀어주기로 결정했습니다. 할아버 지는 소독약으로 가득했던 수족관 물 때문에 시력이 나빠져 조금 더 적응 훈련을 해야 했습니다. 드디어 돌고래들을 바다에 풀어주는 날 이 왔습니다. 친구들은 모두 바다로 나갔고 가두리 안에는 오월이만이 남았습니다. 오월이는 아직도 나가기가 망설여져 가두리 문 앞을 뱅뱅 돌았습니다. 할아버지는 저 안쪽에서 따스한 눈빛으로 오월이의 도전을 조용히 응원했습니다.

할아버지와는 이미 작별 인사를 마쳤지만 오월이는 여전히 문을 앞에 두고 망설이고 있습니다. 그때 가두리 문 바깥에서 삼촌의 초음파가 들려왔습니다. 삼촌은 지난 번 상어에게 쫓길 때 오월이가 보낸 초음파 소리를 다른 돌고래들을 통해 건너건너 듣고는 찾아온 것입니다.

"오월아! 삼촌이 데리러 왔어. 어서 바다로 나오렴!"

"삼촌!"

"어서 바다로 나와 함께 코끼리 아줌마를 기다리자. 그리고 함께 온 세상을 여행하는 거야!"

오월이는 삼촌의 마중에 남아 있던 용기를 힘껏 모아 문 밖으로 나섰습니다.

'그래, 난 혼자가 아니었어. 코끼리 아줌마가 어떻게 생기셨는지도 궁금해. 더 먼 바다는 어떤 모습일까?'

오월이는 새로운 세상에서 자신만의 이야기를 만들기 위해 용기를 냈습니다. 가두리 너머 바다로 가는 오월이를 할아버지 돌고래 역시 가슴지느러미를 흔들며 배웅해 줍니다. 이제부터 펼쳐질 오월이의 새 세상을 해님도 따스하게 응원해 줍니다.

정은혜

부천 출생으로 2012년 『문예사조』에 동화를 발표하면서 작품 활동을 시작하였다. 한마루 동인으로 활동 중이다.
ellie9122@hanmail.net

새콤달콤 나를 맛보세요!

내게서는 새콤달콤한 향기가 납니다. 주황빛으로 곱게 익은 나는 겨울의 제철 과일 귤입니다. 나는 방금 상자에 담겨졌습니다. 상자에는 일이라는 숫자가 커다랗게 찍혀져 있습니다. 그것은 상처도 없이 아주 맛있고 탱탱한 귤이 담겨져 있다는 뜻입니다. 우리들은 이제 커다란 마트로 떠납니다. 그곳에서 또다시 우리를 사는 사람의 집에 가겠지요. 사람들이 우리를 맛있게 먹어 주는 것이 우리에겐 가장 기쁜 일입니다.

작가의 말‥‥‥‥
매 순간 선을 행하시는 하나님께 영광 돌립니다.
누군가 바보라고 말해도, 여전히 글로 큰돈을 벌고 싶다는 생각은 없습니다. 그저 제 글을 읽는 한 영혼, 한 영혼들이 자신이 반짝반짝 빛나는 존재라는 것을 깨달았으면 좋겠습니다. 언제나 세상에 치여 달려 나가고 있지만 글을 쓸 때만큼은 천천히 걷고 싶습니다.
감사합니다.

"아, 신나! 정말 기대 돼!"

작은이가 말했습니다. 박스에 담긴 우리들 중에 가장 작아서 붙여진 이름입니다. 맛있는 귤을 고르는 아주머니께서 "아휴, 이 녀석 참 작고 귀엽네, 그려." 하셨던 소리를 들은 것입니다. 신이 난 작은이의 말을 들은 똘망이가 말합니다.

"우린 누구의 집으로 갈까? 날 먹을 때 정말 맛있다고 해 줬으면 좋겠어!"

똘망이의 말에 너도나도 그랬으면 좋겠다고 소리쳤습니다. 나는 너무 기대되고 떨리는 마음에 아무 소리도 내지 못했습니다. 그러자 내 옆에 있는 탐이가 말을 겁니다. 아, 탐이는 아주머니께서 탐스럽게 잘 익었다고 말씀하신 것을 줄인 것입니다.

"새콤이 넌, 신나지 않니?"

"아, 아니. 사실 너무 신나고 떨려서 어떻게 해야 할지 모르겠어."

"그냥 즐기면 되지, 뭐."

모두 신이 나서 웃자 나도 웃음이 났습니다. 기분 좋은 웃음은 모두에게 전파되어서 우리는 마트에 도착할 때까지 크게 떠들며 웃었습니다.

우리는 일등급 제주도 귤이니 만큼 빠르게 팔렸습니다. 도착한 곳은 유치원생인 남자아이 두 명과 부모님이 살고 있는 집입니다. 아이들은 우리를 굉장히 좋아했고 항상 맛있게 먹어 주었습니다. 우리는 기쁜 마음으로 박스에서 차례를 기다렸습니다. 하지만 모두가 차례를 기다리는 일이 즐겁지만은 않았던 모양입니다.

"아, 옆으로 좀 가라고! 진짜 짜증나게 왜 자꾸 밀어!"

똘망이가 소리치자, 작은이가 조그마한 목소리로,

"난, 아무것도 안 했는데……."

라고 말했습니다. 내가 보아도 작은이는 정말로 똘망이를 밀거나 하지 않았습니다. 작은이는 가만히 있다가 괜한 짜증을 들은 것입니다.

똘망이는 얼마 전부터 친구들에게 짜증을 내기 시작했습니다. 얼른 사람들의 눈에 들어 자신의 향긋한 냄새와 새콤한 맛을 뽐내고 싶기 때문일 것입니다. 하지만 그런 똘망이로 인해 친구들은 상처를 입었습니다. 물론 똘망이 스스로도 계속해서 상처를 입었습니다.

"아, 짜증나! 진짜 짜증나네."

"똘망아, 조금만 참아 봐."

"참긴 뭘 참아! 나한테 이래라 저래라 하지 마! 아, 또 왜 이렇게 간지러운 거야?"

똘망이는 조금만 참아 보라는 내 말에도 짜증을 냈습니다. 그러고는 이젠 몸이 간지럽다고 소리를 질러 대기 시작했습니다. 똘망이는 정말 간지러운지 몸을 뒤틀어 대기 시작했습니다. 그러자 나부터 시작해서 옆에 있던 친구들에게도 상처가 나기 시작했습니다.

"똘망아! 그만해!"

"간지러운데 어쩌라는 거야!"

탐이를 비롯한 주위 친구들의 말에도 몸을 뒤틀던 똘망이는 한참 뒤에야 잠잠해졌습니다. 나는 지친 똘망이를 잘 살펴보았습니다. 그때 똘망이의 몸에서 희게 퍼진 가루들을 발견했습니다.

"똘망아, 여기가 간지러워?"

흰 가루가 퍼진 곳을 가리키며 묻자 똘망이는 맞다고 했습니다. 나는 똘망이에게 아무 말도 해 줄 수가 없었습니다. 똘망이가 간지럽다고 한 곳에는 푸른곰팡이가 피어 있었기 때문입니다. 사람들은 모르지만 귤들은 자기만 생각하는 이기적인 마음을 가지면 푸른곰팡이가 핍니다. 우리를 보살펴 주던 나무 할아버지가 항상 말씀하셨던 것입니다.

'때를 기다리지 않고 친구들에게 짜증을 내고 상처 입히면 몸에 푸른곰팡이가 번진단다. 그러면 결국 먹을 수 없는 귤이 되고 말아 버리지. 게다가 이런 나쁜 마음은 한 번 생기기 시작하면 금방 번져서 친구들에게까지 곰팡이가 옮아 버리고 만단다. 이 할아버지가 항상 말하는데도 잊어버리는 귤들이 많이 있단다. 너희들은 절대 잊어버리지 말거라.'

나는 자기만 생각하는 이기적인 마음을 갖지 않으려고 정신을 똑바로 차렸습니다.

시간이 지나면서 똘망이는 시름시름 앓기 시작했습니다. 똘망이가 아프기 시작하자 그 주위에 있던 친구들이 예전의 똘망이처럼 짜증을 내기 시작했습니다. 친구들의 불평에도 나는 할아버지의 말씀을 기억하며 친구들을 달랬습니다. 짜증이 나려고 할 때도 있었지만 나는 언젠가 찾아올 보상을 기다리며 참고 견뎠습니다.

그러던 어느 날 귤 바구니를 들고 온 현석이와 동생 현수가 소리쳤습니다.

"엄마! 귤이 이상해요!"

"오잉? 뭐지이?"

현석이가 엄마를 부르고 현수가 쪼그려 앉아 우리를 내려다보았습니다. 똘망이는 이제 아무런 말도 할 수 없을 정도로 아팠습니다. 탐이와 작은이를 비롯한 친구들은 드디어 자신들이 밖으로 나갈 때가 됐다며 소리쳤습니다.

현석이와 현수의 목소리를 들은 엄마가 다가와 우리를 보고는 말합니다.

"어머, 이거 썩어 버렸네. 얘들아. 이건 못 먹는 거야. 여기 곰팡이 폈지? 이거 먹으면 배 아파."

현석이와 현수의 엄마가 탐이처럼 곰팡이가 핀 친구들을 바구니에 넣지 않고 손에 쥐어 듭니다. 친구들은 주방에 있는 음식물 쓰레기통으로 버려졌습니다. 친구들의 짜증 소리가 울려 퍼지는 가운데 현석이와 현수가 가장 처음으로 나를 골랐습니다.

"휴우." 하는 안도의 한숨이 흘러나왔습니다. 친구들을 배려하고 짜증내지 않으려 노력하며 기다린 결과입니다. 나쁜 마음을 갖지 않으려 노력하자 이렇게 행복하게 되었습니다.

내 주황빛 옷을 벗겨 낸 아이들의 목소리가 들립니다.

"와, 달다!"

"진짜 새콤달콤해! 지금까지 먹었던 귤 중에 제일 맛있어!"

나는 이제 행복한 마음으로 눈을 감습니다.

* 유아 7~8세.

친구가 될 수 있을까요?

나는 아기 코끼리 코코입니다. 흙바람이 많이 부는 메마른 땅에 살고 있어요. 주변에는 물도 없고 나무도 별로 없지만 괜찮아요. 우리 코끼리 무리의 대장인 가장 나이 많은 할머니 코끼리는 모르는 게 없거든요. 가장 가까운 물가의 위치도 잘 알고요, 먹어도 되는 풀의 맛과 냄새도 잘 알아요. 우리 할머니 정말 멋지지요? 무엇보다 나를 얼마나 많이 사랑해 주는데요!

"코코 이 녀석! 또 사샤를 만나고 왔구나."

앗, 또 할머니의 불호령이 떨어지네요. 할머니는 정말 모르는 게 없다니까요.

"아기 사자라도 사샤는 어쨌든 사자라고 하지 않았니. 사자는 위험하니 가까이하지 말라고 그리 말했건만……."

"그치만요, 할머니. 사샤는 정말 재미있고 좋은 친구예요. 사샤가 늪에 빠졌을 때 도와준 것도 할머니였잖아요!"

"이 녀석이 또 말대꾸로구나!"

할머니는 긴 코로 내 머리를 톡 치고는 느릿한 걸음으로 자리를 옮겼습니다. 할머니의 커다란 엉덩이를 보며 나는 괜히 뿌우, 하고 크게 소리를 질렀습니다.

할머니가 왜 사샤를 멀리 하라고 하는지는 사실 나도 잘 압니다. 사자 무리에서 사냥을 하는 건 암놈들이고 사샤는 암놈이기 때문입니다. 하지만 사샤는 정말 나를 행복하게 만들어 주는 친구인 걸요? 사샤가 위험하다는 말을 듣고서 나와 함께 달려가 튼튼한 코로 사샤를 늪에서 끌어 올린 것도 할머니면서.

나는 할머니를 이해할 수 없다고 생각하면서 저 멀리 코끼리 무리 속으로 들어간 할머니를 향해 걸음을 옮겼습니다. 그런데 그때였습니다. 갑자기 할머니가 커다란 귀를 펼쳐 높이 들었습니다. 그러자 모두가 똑같이 귀를 펼치고 높이 들었습니다. 위험한 냄새를 맡은 것입니다. 할머니가 어른 코끼리들과 함께 위험한 것이 무엇인지 살피기 시작했습니다.

"아기 코끼리들은 얼른 어른들의 가까이에 서라!"

나는 얼른 어른 코끼리들의 사이로 들어갔습니다.

"사냥꾼의 냄새다."

할머니가 말했습니다.

"사냥꾼이요?"

"그래, 사냥꾼에게서 아주 위험한 냄새가 나는구나. 자리를 옮겨야겠어."

내 물음에 할머니는 대답했습니다. 그러고 보니 저기 먼 곳에 사람들이 긴 총을 들고 서 있는 것도 같았습니다. 무서운 소리를 내며 우리를 아프게 하는 총을 가진 사람들을 우리는 사냥꾼이라고 부릅니다. 사냥꾼들은 우리를 가만히 지켜보기만 했습니다. 가까이 다가오지도 않았습니다. 한참이나 우리 코끼리 무리와 사냥꾼들은 서로를 쳐다보았습니다. 사냥꾼들이 전부 다 돌아갈 때까지 말입니다.

할머니는 사냥꾼들의 냄새가 다 사라지고 나서야 입을 열었습니다.

"저 사람들은 내일 또 올 게다. 오늘은 우리를 한 번 보러 온 거지. 얼른 저 사냥꾼들이 우리를 찾을 수 없는 곳으로 자리를 옮기자꾸나."

할머니가 걸음을 옮기기 시작하자 다른 코끼리들도 움직이기 시작했습니다. 나도 할머니 곁에 바짝 붙어서 걸음을 옮겼습니다.

"할머니, 근데 왜 사냥꾼들이 우리를 가만히 보고만 있다가 가요?"

"어떤 코끼리를 사냥하면 좋을지 보는 거란다."

"어떤 코끼리가 사냥하기 좋은데요? 아기 코끼리요?"

내가 사냥꾼들이 무서워 벌벌 떠는 목소리로 묻자, 할머니는 지그시 웃어 보였습니다.

"아니란다. 사냥꾼들은 우리 코끼리 무리에서 가장 나이가 많은 코끼리를 잡아간단다."

할머니는 웃고 있었지만 두 눈에는 걱정이 가득했습니다.

"가장 나이가 많은 코끼리는 할머니잖아요……."

나는 울먹이며 말했습니다. 그러자 할머니는 아까와는 다르게 긴 코로 내 머리를 부드럽게 쓰다듬어 주었습니다.

"죽지 않고 살아남는 법을 가장 많이 아는 코끼리는 나이가 많은 할머니이니까 할머니를 데려가는 거란다. 사람이란 참 지혜롭지 않니?"

"그건 지혜로운 게 아니예요! 아주아주 나쁜 거라구요!"

나는 무섭지 않은 척하는 할머니를 향해 소리쳤습니다. 그러자 할머니도 더는 아무런 말도 하지 않고서 새로운 물가를 찾아 무리를 이끌고 걸었습니다.

우리가 물가에 도착했을 땐 이미 밤이 되어 있었습니다. 나는 사냥
꾼들이 올지도 모른다는 생각에 잠을 잘 수가 없었습니다.

나는 코끼리 무리에서 조용히 일어났습니다. 아무도 깨어나지 않은
깊은 밤. 조용히 무리에서 빠져나와 왔던 길을 되돌아 걷기 시작했습
니다. 사샤를 찾으러 가는 겁니다. 사자들은 밤에 가장 많이 활동하
니 금방 찾을 수 있을지 모릅니다.

"사샤야! 사샤야!"

나는 사샤의 이름을 부르며 달렸습니다. 사샤가 내 목소리를 들을
수 있도록 말입니다. 그런데 그때였습니다. 갑자기 나무 뒤에서 누가
확 튀어나왔습니다. 다 큰 어른 사자였습니다. 그 얼굴을 보고 화들
짝 놀라 엉덩방아를 찧으며 넘어졌습니다.

"아야야……."

내가 아파하는 것도 아랑곳하지 않고 어른 사자는 내 몸 위로 확
튀어 올랐습니다. 그리고 그 사자가 입을 크게 벌렸을 때,

"엄마! 안 돼요!"

하는 소리가 들렸습니다. 목소리의 주인은 사샤였습니다. 사샤의
말에 나에게 달려들었던 사자는 나를 물지 않았습니다. 나는 무서움
에 비틀거리는 다리에 힘을 꾹 주어 일어섰습니다.

"엄마, 걔는 내 친구 코코예요. 물면 안 된다구요."

"뭐? 사샤! 너 아직도 아기 코끼리랑 놀러 다니는 거니? 엄마가 안
된다고 했잖아!"

나는 사샤의 엄마를 보며 한 발자국 뒤로 물러섰습니다. 사샤는 항
상 자신의 엄마가 암사자들 중에 가장 강하다고 말했었기 때문에 조

금 무서웠습니다.

"하지만 엄마! 코코는 정말 소중한 내 친구라구요! 제가 늪에 빠졌을 때 코코네 할머니가 저를 구해 주셨던 것도 아시잖아요?"

"어찌 됐든 코끼리는 어른이 되면 우리를 그 커다란 발로 밟아 죽일수도 있다고 했잖니! 엄마가 코끼리는 안 된다고 그렇게나 말했는데도!"

"엄마!"

사샤와 사샤의 엄마는 나를 두고 다퉜습니다. 모두 얼굴을 찌푸렸지만 나는 그 모습을 보며 그만 웃음을 터트리고 말았습니다. 사샤와 사샤 엄마의 모습이 꼭 할머니와 내 모습 같았기 때문이었습니다.

내가 하하 웃자 사샤와 사샤의 엄마는 가만히 나를 쳐다보았습니다.

"하하…… 죄송해요. 너무 재미있어서……."

"뭐가 재미있다는 건지…… 정말 코끼리들은 이해할 수가 없구나. 그나저나 밤늦은 시간에 우리 사샤는 왜 찾는 거야?"

"아, 사실은…… 아까 아침에 사냥꾼들이 우리 코끼리들을 보고 갔어요. 분명 내일 다시 우리를 잡으러 올 거라는데…… 그럼 우리 할머니가 위험해요! 우리를 좀 도와주세요!"

다급한 내 말에 사샤의 엄마는 나를 빤히 쳐다보았습니다. 그리고 갑자기 웃음을 터트렸습니다.

"호호호호! 우리가 왜 코끼리 무리를 도와줘야 한다는 거지? 코끼리 무리도 우리 사자들을 발로 짓밟아 뭉개는데!"

"하, 하지만…… 우리 할머니도 사샤를……."

"그래서 뭐 어쩌라는 거니? 사샤야, 가자."

사샤의 엄마는 사샤의 등을 떠밀었습니다. 사샤가 "엄마!" 하고 부르며 다리에 힘을 꾹 주어 내 곁을 떠나지 않으려고 했습니다. 그러자 사샤의 엄마는 정말 화가 났는지 으르렁, 소리를 내며 사샤를 쳐다보았습니다. 사샤는 깨갱거리며 꼬리를 내렸습니다. 사샤와 사샤의 엄마가 멀어져 갑니다.

내가 할머니를 위해 할 수 있는 일은 사샤에게 도움을 요청하는 것뿐이라고 생각했습니다. 그렇게 하면 할머니는 구할 수 있을 거라고 생각했습니다. 사샤가 위험에 빠졌을 때 내가 우리 할머니에게 도와달라고 말했던 것처럼요. 그렇게 해서 사샤를 구할 수 있었던 것처럼 말입니다.

내 마음도 모르고 저 멀리 어둠 속으로 사라지는 두 사자의 등을 나는 가만히 쳐다보고 있을 수밖에 없었습니다.

나는 다시 코끼리 무리로 돌아왔습니다. 제발 사냥꾼들이 우리를 찾지 못하기를 바라면서 할머니 곁에 살을 대고 엎드렸습니다. 그러자 할머니가 긴 코로 나를 꼭 끌어안아 주었습니다. 나는 할머니의 품에 안겨 깊은 잠에 빠져들었습니다.

아침 햇살이 눈을 두드리는 소리에 일어나 가장 먼저 할머니를 찾았습니다. 할머니는 다른 코끼리들과 아침 인사를 나누고 있었습니다.

"할머니!"

나는 달려가 할머니의 몸에 얼굴을 비볐습니다. 할머니는 웃으며,

"웬일로 이리 어리광인 게야."

"할머니, 저 오늘은 사샤한테 안 갈게요. 하루 종일 저랑 놀아요."

"그래, 그럼 좋지."

할머니는 나를 꼭 끌어안으며 말했습니다. 오늘은 할머니랑 정말 좋은 시간을 보내야지, 그렇게 생각한 그때였습니다. 갑자기 할머니가 어제처럼 큰 귀를 높이 들었습니다.

'사냥꾼들이구나!'

나는 그렇게 생각하며 할머니의 곁에 꼭 붙어 섰습니다. 그런데 할머니는 강한 코로 나를 밀어내기 시작했습니다. 나는 할머니와 떨어지기 싫어서 할머니의 다리를 코로 꽉 붙들었습니다. 할머니는 그러면 그럴수록 "뿌우우." 하고 크게 소리를 내며 더 나를 밀어냈습니다.

아침 일찍부터 사냥꾼들이 나타나 코끼리들은 이리저리 발을 움직였습니다. 어른 코끼리들은 당황한 얼굴로 정신없이 커다란 발을 쿵쾅거렸습니다. 아기 코끼리들은 사냥꾼들이 무서워서 "뿌우, 뿌우." 하고 소리 내며 울기에 바빴습니다. 하지만 사람들에게는 우리의 울음소리가 들리지 않는 것 같았습니다. 길고 무서운 총을 우리에게 겨눈 채로 조금의 흔들림도 없었기 때문입니다.

"할머니! 빨리 도망쳐요! 얼른요!"

내가 다급하게 외친 그때였습니다. 갑자기 벼락같은 동물의 호령 소리가 들렸습니다.

"어흐응!"

소리가 들린 곳을 돌아보자, 사자 무리가 서 있었습니다. 그리고 그 무리에는 사샤의 엄마도 있었습니다. 사자들은 차에 올라 타 있는 사냥꾼들의 주위를 맴돌며 크게, 더 크게 소리쳤습니다.

"어흥! 어흐응!"

"뿌우우─!"

사자 무리들의 소리를 들으며 나도 코를 높이 쳐들고 있는 힘껏 소리쳤습니다. 그러자 코끼리 무리들이 하나 둘 코를 높이 들었습니다. 그리고 거대한 소리를 모아 "뿌우! 뿌우우─!" 하고 사냥꾼들을 위협했습니다.

사자들의 벼락같은 소리와 코끼리들의 천둥 같은 소리를 들으며 이번엔 사냥꾼들이 당황한 얼굴을 했습니다. 차에 올라탄 사냥꾼들은 얼른 긴 총을 거두었습니다. 그리고 차를 둘러싼 사자들을 피해 도망가기 시작했습니다. 우리는 사냥꾼들의 차가 영영 사라질 때까지 계속 소리를 질렀습니다.

사냥꾼들이 완전히 다 도망갔을 때 사샤의 엄마는 우리 할머니를 쳐다보았습니다. 할머니는 사샤의 엄마를 향해 웃으며 고맙다고 말했습니다. 사샤의 엄마는 가볍게 고개를 끄덕이고는 돌아섰습니다. 어제까지만 해도 너무나도 무서웠던 사샤 엄마의 얼굴이 무척이나 다정하게 느껴졌습니다. 이제 우리 할머니와 사샤의 엄마도 나와 사샤처럼 서로 좋은 친구가 될 수 있겠죠?

* 초등 1~2학년.

보슬보슬 보슬보슬

이른 아침, 잠에서 깨어난 지빈이가 창문을 열었어요. 마당에 세워진 아빠의 자동차도 지빈이의 자전거도 푹 젖어 있네요.

보슬보슬, 보슬보슬.

지빈이는 두 눈을 가늘게 떴어요. 그렇게 하면 잘 안 보이던 것들이 보이거든요.

보슬보슬, 보슬보슬. 토독, 톡.

와, 비가 오네요. 지빈이는 신이 나서 거실로 달려 나갔어요.

"엄마! 비가 와요!"

지빈이는 아빠의 밥상을 차려 주는 엄마의 주변을 빙그르르 돌며 말했어요.

"그래, 지빈아. 봄비야."

"봄비가 뭔데요?

지빈이가 엄마에게 물으며 다시 방으로 들어가 병아리 양말을 꺼내 신었어요. 옷 입는 건 아빠가 도와줬지요.

"봄비는 봄에 내리는 비야, 지빈아."

아빠가 말하자 지빈이가 옷 속에서 얼굴을 쏙 내밀며 말했어요.

"와, 이제 그럼 나비가 날아다녀요?"

"그럼! 이제 쏘옥 쏙 땅에서 올라온 초록색 새싹도 볼 수 있어."

지빈이는 쏙쏙 고개를 내미는 연둣빛 새싹들을 상상했어요. 작고 귀여운 새싹들이 지빈이의 머릿속에서 "안녕." 하고 인사했어요.

"근데 왜 봄비가 오면 새싹도 볼 수 있고 나비도 만날 수 있어요?"

지빈이가 물었어요.

"봄비랑 새싹이랑 나비는 친구이기 때문이야. 친구들은 어디든 함께하지."

아빠의 대답을 들으며 지빈이는 장화를 신었어요. 엄마가 사 준 멋진 우산도 들었고요. 현관문을 벌컥 연 지빈이가 인사를 해요.

"안녕! 봄비야!"

봄비도 인사하네요.

"안녕! 지빈아!"

토독, 토독, 보슬보슬. 비가 와요. 조용히, 조용히 비가 내려요.

* 영아 3~4세.